光文社文庫

文庫書下ろし

東京近江寮食堂　青森編

明日は晴れ

渡辺淳子

KOBUNSHA

JN020711

光　文　社

この作品は光文社文庫のために書下ろされました。

東京近江寮食堂　青森編

明日は晴れ

1

「辞めちゃうなんて、残念だわ……」

声を絞り出した安江《やすえ》に目もくれず、志穂《しほ》は縦半分にカットされた、ピーマンの肉詰めフライをガブリとやった。揚げ衣が皿の上にパラパラと散らばり、肉汁がしたたり落ちる。

「安心してください。また食べに来ますから」

「……大歓迎よ。いつでも食事に来てちょうだい。ねえ？　妙子《たえこ》さん」

悪びれもせず、むしろ慰《なぐさ》めるかのようなセリフを口にする二十二歳フリーター女子に、妙子は仕方なしにうなずく。元従業員もまた、未来のお客。

志穂は昼の賄《まかな》いメシ、ピーマンの肉詰めフライ丸々三個分と、レタスとかいわれ大根とコーンのサラダ（胡麻《ごま》ドレッシング）、厚揚げとごぼうの焼き浸《びた》し、ひよこ豆と鶏もも肉のカレー煮、そして豆腐と玉ねぎの味噌汁と大盛り飯《めし》をたいらげ、さらにオプションの焼き鯖《さば》そうめん・醤油味をすべて胃袋におさめると、音もなくおくびをした。

「ごちそうさまでした」

食事中に額《ひたい》と鼻の頭に浮かんだ汗を、志穂は折りたたんだハンカチで丁寧に拭《ふ》いた。そして、厨房《ちゅうぼう》の流し台の前の窓枠に置かれた、小さな鏡餅《かがみもち》に向かって手を合わせる。明日で松《まつ》の内《うち》も明ける。いくつものヒビが入った鏡餅は、妙子と安江の心の傷のようだ。

「おそまつさまでした」

ぎこちなく応じたおばちゃんふたりに、「元気出してくださいね。次のバイト、すぐに見つかりますよ」と、使った食器もそのままに、志穂は勝手口からのしのしと歩いて去って行った。毎日どれくらい食べてるのだろうと、妙子ですら思うほど、恰幅《かっぷく》のよい娘だった(まだ生きてるけど、過去形にしてやる)。

「三日と半日。最短記録や」

「今日いきなり『辞めます』だなんてねえ」

東京は谷中《やなか》に移転しました、ご存じ東京近江寮《おうみりょう》食堂。この厨房で腕を振るう、生まれも育ちもゲジゲジ滋賀県(漢字「滋」の旁《つくり》のイナズマ部分がゲジゲジに見えるため、県民は自虐的《じぎゃくてき》にそう呼ぶ)・寺島《てらしま》妙子と、くたびれ気味のアゲハ蝶《ちょう》のように客席をとびまわる生粋《きっすい》の江戸っ子・鈴木《すずき》安江店長の、還暦《かんれき》+一歳のおばちゃんコンビは、同時に肩を落とした。

「若いしガタイもええのに、帰ったらぐったりしてしまうて、ほんまやろか」

「あの娘《こ》は、仲介してくれた佐藤《さとう》さんの顔をつぶすとか、考えないのね」

ふたりは、空《から》になった食器を恨《うら》めしげに見つめる。ちなみに佐藤は、食堂の常連男性客である。

最近の安江のコスチュームは、シンプルなカフェの店員から、大正ロマンのメイド風に戻っている。「私の魂《たましい》がフリルを欲するの」と、両の握りこぶしで頬をはさみ、チリチリソバージュ頭を揺らして言われた日にゃあ、脱力すれども、ホッとしたのも事実だ。やはり安江は、こちらの方が似合っている。

「これで四人目。長くても、三週間しか続かへんねんもんなあ」

ため息とともに応じた妙子はといえば、今やイメージカラーとなった黄色のトレーナーにグレーのジャージ姿。胸当てエプロンは、もらいものの赤いデニム地だ。若いころから変わらぬちん丸《まる》こい身体に、そのエプロンを着けると、遠目にはマサカリ担《かつ》いだ金太郎に見える。還暦直前に東京生活を選んだ妙子だが、身も細る思いで、出奔《しゅっぽん》した亭主《ていしゅ》を探しに上京したにもかかわらず、けっしてやせることはないのである。

この東京近江寮食堂は、長年千駄木《せんだぎ》にあった滋賀県公認宿泊施設・東京近江寮で、妙子と安江が始めたものだ。ほどなく軌道《きどう》に乗ったのだが、建物の耐震性《たいしんせい》の問題から、宿泊部門も食堂部門も、閉鎖を余儀《よぎ》なくされた。そこで空き家だった谷中の大きな古民家を借り、二階に妙子が住み込んで、一階で食堂部門のみ再開した。

昨今の谷根千《やねせん》ブームもあり、観光客や近所の住人で、再びにぎわいを取り戻した食堂の客室部分は、畳敷きの八畳間二部屋と、八畳の板の間一部屋だが、ふすまを取り払えば幅《はば》一メートルの廊下も合わせて、ひとつの大空間となる。

客席数は約三十。回転が速いため、満席になることはほとんどないが、その分手が足りない。しばらくはワケあって同居した、宮崎県にルーツのある家主《やぬし》の娘が手伝ってくれたが、やがて千葉の自宅へと戻ってしまった。そこでアルバイトを雇い出したのだが、そろいもそろって長続きしないのだ。

自転車にぶつけられてケガをした。家で食事をするのに、賄い代をなぜ現金でくれない。客に嫌味《いやみ》を言われた……。

さまざまな理由をつけては、みんなすぐに辞めてしまう。募集を知人からの紹介にのみ頼ったのが、よくなかったのかもしれない。

「辞めてくれてよかったわよ。若くて働き者なんて、嘘ばっかり。私の半分以下の年齢なのに、動作はのろいし、気は利かないし。佐藤さんも見る目がないわね」

「ほんま、ほんま。昔は名うての棟梁《とうりょう》の目も、今では節穴《ふしあな》っちゅうこっちゃ。明日ランチに来はったら、ほうれん草のお浸しに、わさびを山ほど混ぜたる」

安江と妙子は厨房の作業台に向き直り、志穂と佐藤を罵《のの し》り、昼食を再開した。ピーマンの肉詰めフライは、ひき肉にコンソメスープを混ぜ、よく練《ね》ったおかげで、ジューシーで軟《やわ》らかな仕上がりとなっている。

こんなにうまいものを食べているのに、ふたりの心は沈んでゆく。一年で一番寒い季節。雲は重く垂れ込め、客間から見える庭の木々は、つやがなく寒々しい。

強い風が吹き、乾いた庭の土が、地べたをはう草の上に降りかかった。妙子と安江は今日の夜の営業も、ふたりでてんてこ舞いするのかと思うと、気が滅入《めい》った。

翌日の木曜の夜の部。まだ七時を過ぎたばかりだが、雨のせいか、松の内明けの外食控えなのか、客が少ない。六時過ぎに常連の老夫婦が帰ってから、一時間近くも空《す》いている。今客間にいるのは、観光客らしきアジア系カップル一組と、日本人男子三人と、女性ふたりだけである。

「昨日の夜は七時までに四十一人。今日は九人。どうしてこう、ムラがあるのかしら」

厨房の出入り口と板の間の境の柱にもたれ、安江は腕組みして嘆息《たんそく》する。彼女のすぐそばで、目隠し代わりの藍《あい》のれんに隠れた妙子は、レジスターの汚れをふきんで拭《ぬぐ》う。

「思い切って客席を減らしましょうか。客間も一部屋にして」

「え？　なんで？」

安江の提案に、妙子の声は大きくなった。慌《あわ》てて口を押さえ、客の方を見やる。幸いにも一番近い席の、和室で向かい合う女性ふたりは話に夢中で、気がつかなかったようだ。

「席減らすて、アルバイト募集の紙、貼り出したとこやんか」

「だって、どうせお客さんは来ないし、来てくれても人手不足で、十分なおもてなしもできないし」

安江はソバージュの先に指を絡《から》ませ、ふてくされる。あまりにバイトが定着しないので、なげやりになっているのだ。残りの人生を東京近江寮食堂に捧《ささ》げているせいか、元は楽観的なのに、こと食堂に問題が起きると、悲観主義者となるらしい。

「大丈夫やって。絶対誰か、バイトに来てくれるって」

「やる気のない人しか来ないのよ」

「こういうのは、ご縁《えん》のもんやし」

「アルバイト、募集してるんですね」

さっきの声に反応しなかった松崎《まつざき》千晶《ちあき》が、座卓に着いたまま話しかけてきた。千晶と向かい合っている原佐奈《はらさな》ともども、おひとりさま客だが、顔見知りとなってからは、会えば同じ卓に着いてよく話している。

「三が日明けから来るって言ってたバイトの子、どうしたんですか？」

千晶は四十歳のキャリアウーマンだ。夫と十歳のひとり息子の三人暮らし。月曜日と木曜日、息子が塾に行っている時間を利用して、東京近江寮食堂で夕食を取る。

「それがなあ、昨日の昼の部で、辞めたんよ」

「え、もう？　四日が初出勤だったんじゃないんですか？」

妙子の返事に、千晶が目を丸くした。彼女は豚のしょうが焼き定食を注文したが、いつも通り白飯は断り、代わりに焼き鯖そうめんのアタマ（本日は味噌味）をオプションでつけた。実は千晶にはある目標があり、食事に気を配っているのだ。

「最近の若い子は、長続きしませんからね」

わかったような口を利く原佐奈は独身ＯＬで、食堂近くのマンションにひとりで暮らしている。千晶のようなバリキャリ風でなく、ストレートのセミロングヘアがかわいい、やわらかな雰囲気の女性だ。佐奈もまた、週に一～三回は食堂を訪《おとず》れる。

「あなただって、まだ二十代のくせに」

「もう二十九歳ですもん。新卒とは違います」

唇《くちびる》を尖らせ、佐奈は白身魚を口に入れた。彼女は金目鯛《きんめだい》の煮つけ定食を食べている。

「それは失礼しました。佐奈ちゃんは今の会社、新卒で入ったの？」

「そうです。何十社と入社試験受けたのに、落ちまくって、やっと入ったのが今のとこだから、辞めるなんて考えられない」

千晶の質問に、佐奈は少し顔をしかめた。七年も八年も前の苦労を、まだ忘れられないようだ。

「佐奈ちゃんみたいな辛抱強《しんぼうづよ》い子に来てもらえたら、うれしいんだけどな。どう？　ここで夜だけバイトしない？　時給は安いけど、賄い、食べ放題よ」

週に何度も外食できるOLが、安いアルバイトなどするはずないが、安江は誘わずにはおれないようだ。

「うれしい！　浸し豆、お腹《なか》いっぱい食べたい！」

佐奈が自分のトレイから、空になった小鉢を掲げた。

青豆とかずのこ（ほんの少し）が入った浸し豆は、女子に人気のメニューだ。カツオと昆布《こんぶ》だしを、塩と薄口醤油で味つけした煮汁はうまみの濃い黄金色で、インスタOKなくらい、薄緑色の豆が映《は》える。

「こんなの食べ放題だったら考えちゃうけど、うちの会社、副業禁止だからな。でも小鉢のおかわり、いいですか？　追加料金払います」

「悪いけど、もうなくなった」

「なんだー、残念」

佐奈ががっかりした声を出すと、千晶がつぶやいた。

「効《か、》く食材だけで、毎日賄いメシ作ってもらえるんだったら、私、考えちゃうわ」

「千晶さん、がんばってますもんね……」

佐奈がしんみりとうなずいた。

実は千晶は今、ふたり目妊活《にんかつ》の真っ最中なのである。他人にそう簡単には話さないことだと思うが、佐奈が甘え上手な妹キャラだからか、早々に伝えられたようだ。はるか年上で、妙《みょう》に包容力《ほうようりょく》のある安江に、もらしてしまったことはわかるけれど。

「これなんかもう、排卵率、受精率ともに、アップが期待できるおかず」

そう言って千晶は、鮭《さけ》の南蛮漬《なんばんづ》けの小鉢を指した。南蛮酢《ず》の具は、玉ねぎときくらげ、干《ほ》し椎茸《しいたけ》である。

「紅《べに》鮭もきくらげも干し椎茸も、ビタミンDが多いのよ」

「ビタミンDって、妊活に効くんですか？」

「免疫力《めんえきりょく》が上がるの。あと貧血防止に鉄分《てつぶん》も大事なの。それも非《ひ》ヘム鉄じゃなくて、ヘム鉄を取ることが必要だから、これもGoodなおかず」

千晶の指すもうひとつの小鉢は、アサリと小松菜《こまつな》の煮びたしだ。

千晶は妊娠しやすい体質になるよう、ある食事療法を実践《じっせん》している。過去に三度の妊娠経験を持つ妙子には、その苦労はわからず、ちょっと極端なのではと思える食事制限に、首をひねってしまうのだが。

「だからって、豚のしょうが焼きに白飯ナシは、私にとっては拷問《ごうもん》に近いです」

「炭水化物《たんすいかぶつ》は女性ホルモンの乱れにつながるの。低糖質食《ていとうしつしょく》でGI値《ち》を安定させないと」

身もだえする佐奈に、千晶は言う。妙子は思わず口をはさんだ。

「佐奈ちゃんの言う通りやで。そこまでせんでもええのとちがうか」

「いいえ。私、どうしてもふたり目がほしいんです。そうすれば私の人生は完璧になる」

キッとにらむように応えた千晶に、妙子は口をつぐんだ。理想に向かってまっすぐに取り組み、人生を切り開いてきた。そんな千晶の生きざまが、見えるようだ。

「すんません、茶々《ちゃちゃ》入れて」

「いいえ、悪気があっておっしゃったことではないと、わかっています」

「千晶さんは食べる専門で、バイトには応募しないでね。優秀だから、こっちがこき使われちゃいそう。雇った早々、産休に入られても困るし」

とりなすように割って入った安江に、千晶が笑った。

食への思いは、人それぞれだ。しかし食べないと、人は生きていけない。これからもご
ひいきに。妙子も笑顔になると、ハラハラ顔だった佐奈がホッとしたように、アルバイトへと話を戻した。

「でもその子、直接伝えてきただけマシですよ。面《めん》と向かって言わない子もいるから」

「ああ、それ知ってる。最近の若い子はメールで『辞めます』て、言うんやろ」

ちょうどラジオで聴いたと妙子が応じると、千晶がやんわりと首を振った。

「それよりもすごいのが、うちに去年の四月に入社した男の子です。某有名大学の修士《しゅうし》出て、性格も素直で期待してたんだけど、ある日、退職代行《だいこう》業者から連絡があったんです」

「退職代行業？」

妙子はオウム返しをする。安江も「なあにそれ？」とたずねた。

「退職手続きを代わりにやる業者です。本人とこちらとの接触は一切なし。ボーナスもしっかりもらって、有休もフル消化。十二月いっぱいで、あっさり辞めちゃいました」

「最近の若い子は恋愛に関しては草食系とか、欲がないっていうけど、もらうものはもらうなんて、ちゃっかりしてるじゃない。しかも面倒なことは人にやらせて」

安江が半《なか》ば感心したように言うと、千晶は人差し指を立てた。

「それが今の若者のメンタリティなんです。辞めたいって言うと、引きとめられたり、今さらのようにほめられたり、叱られたりするでしょ？　その会話が面倒なんです。恋愛もそうじゃないですか。付き合うまでは、あの手この手で駆け引きする。いざ付き合いが始まったら、こうしたいとか、あれは嫌とか言われて、交渉が必要になる。別れるときは、まさに会社を辞めるときと同じ状況です。そういういざこざで傷つきたくないし、もう二度と会わない人と話し合うのは、無駄と考えるんです。だから恋愛も、深入りしないの」

「なるほどねえ」

妙子と安江がうなると、千晶が不思議そうにたずねてきた。

「この間から見てると、若い人ばかり雇われてるようですけど、もっと上の年代はダメなんですか？　主婦なら子供の教育費が必要だろうし、老年世代も年金だけでは苦しい人が多くて、モチベーションが違うから、簡単に辞めないと思いますけど」

妙子と安江は顔を見合わせる。去年の秋まで一緒に働いて楽しかった、家主の娘が二十《はた》歳《ち》だったので、ついその面影《おもかげ》を求め、なるべく二十代でと紹介者に頼んでいたのだ。

「私ら、ええ年で動きがトロいし、若い人にカバーしてもらおうと思てな」

「ほら、小さな子供のいる主婦って遅刻、欠勤が多いって言うじゃない？」

妙子の背中に、冷や汗が流れる。安江に至っては、いったいいつの時代の主婦像だと、あきれるような言い訳をしている。

「でも仕事を教えて、慣《な》れたころに退職される。そして次の人に、また一から指導。これを繰り返すのは、カバーどころか、余計な労力を使わされることになりますよね？」

おばちゃんふたりは、ぐうの音もでない。要は「若い」というだけで受け入れ、人柄や能力、勤労意欲《きんろういよく》を見定めないのがいけないのだ。

「私たち、過去にしがみついちゃってるのよね……」

千晶のまっとうな指摘に、妙子と安江はこっくりとうなずくしかなかった。


週明け、成人の日の翌日。時刻は午後七時三十分。客が途切れた。

厨房の窓から見える雨は、しとしとと止む気配がない。一月に入ってから、妙に雨が多い。常連組で来るだろう人は、来てしまった。ラストオーダーは七時四十分だが、この時間じゃ観光客もまず現れまい。

「安江さん、今日はもうええで。誰か来たら私が接客するわ。たまには早《は》よ帰って、旦那さんとお茶でも飲んで、ゆっくり夫婦の会話でもしぃ」

厨房でぼんやりしている安江に、妙子はやさしく声をかけた。

「夫婦の会話なんて、別にしてもしなくてもいいんだけど」

店内とおもての塀に、バイト募集のポスターを貼って約一週間。やる気のある人ならと、安江は気持ちをあらためて待っているが、応募者皆無《かいむ》に、今日もやさぐれていたのだ。

「まあまあ、そう言わんと。このごろ安江さん、働きすぎやから」

なんだかんだ言っても去年の五月以降、この家の家主との契約、近所への宣伝、仕入れ先である、安江の夫が経営するスーパーマーケットすずきやへの支払いや帳簿《ちょうぼ》記載など、対外的な仕事は、ほとんど安江がやってくれたのだ。バイト即《そく》辞め続きでキレ気味なのも、疲れがたまってのことだと、妙子は考えていた。

「夫婦の会話は、けんかの元なのよ。うちは」

ぶつくさ言いながらも、安江はカチューシャを外《はず》し、賄いメシに近づいてきた。

今日の肉系のおかずは、塩ロールキャベツ。小鉢は絹ごし豆腐のカニカマあんかけとねぎ入り卵焼き、モロヘイヤとえのき茸《だけ》のお浸しだ。味噌汁はブロッコリーとわかめ。今日は余裕があったので、ご飯を梅干しとおかかのおにぎり二個にしてやった。

「あらぁ。おにぎりじゃないの♡」

はずんだ声を出し、安江はマスカラで黒く縁取《ふちど》られた目を妙子に向けた。ノーメイクの目で妙子も見つめ返す。ふたりは無言で口角《こうかく》を上げる。おばちゃんの友情に、言葉はいらない。

安江は丁寧に手を洗い、おにぎりをガブッと頬張った。心が弱っているとき、おにぎりは最強の癒《いや》しメシだ。これで安江も、ネガティブ思考から脱却してくれることだろう。

むしゃむしゃとおいしそうに食べ出した安江に、ホッとするや否《いな》や、玄関の引き戸についた鈴が鳴り、ひとりの女性が入って来た。

「いらっしゃいませ」

女性は玄関側の客間の座卓の隅《すみ》、厨房から一番遠い席に、遠慮するように座った。

「ロールキャベツ定食をお願いします」

壁の黒板を確認し終えたのを見計《みはか》らい、妙子が近づくと、色白でおとなしそうなその人は、小さな声で告げた。

年のころは三十代後半、四十に届いているかどうか。こげ茶色のボブヘアはつやがあり、てっぺんにきれいな天使の輪が光っている。けれど表情は、どこか冴《さ》えない。

「ごはん、今日は特別におにぎりにもできますけど、どうします？」

そんな気はなかったのに、寂《さび》しげな様子が気になり、つい言ってしまった。

「あ、お願いします。おにぎり、食べたいです」

即答した女性に、いいことをした気分で厨房に戻ると、「お客さん？」と安江がたずねてきた。立ち上がり、口を動かしながら、藍のれんのすき間から客間をのぞいている。どうも客のことは、逐一把握《ちくいちはあく》しておきたいらしい。

「あの人、今日ランチにも来てた。先週の金、土と続けて来たから、憶《おぼ》えてるの。でも夜は初めてね。さしずめ、『亭主は宴会、子供は友だちとライブ、私も夕飯は習い事の帰りに外ですませましょ』ってとこね」

テキトーな人物背景の妄想《もうそう》はさておき、自分の料理を気に入ってくれたかと、妙子はうれしく思った。「時間は気にせんと、ゆっくり食べてくださいね」と、トレイを座卓まで運び、ひと声添える。

「ありがとうございます」

恐縮したように礼を言う女性に、妙子はさらに好感を持つ。玄関の札《ふだ》を「準備中」に裏返し、他の座卓の醬油や箸《はし》立てを引き上げながら、チラチラとその客を盗み見た。

女性はゆっくりと、慈《いつく》しむように料理を嚙んでいる。ごく平凡な容姿だが、食べ方が美しいので、二段階くらい魅力が増して見える。

食事を終えた女性は、食器を自ら厨房まで運んで来た。

「まああ、すんません。気ぃ遣《つこ》てもうて」

妙子がトレイを受け取ると、女性は「ごちそうさまでした」と、なぜか緊張したように目を見張った。

「お口に合いましたか？」

妙子の方から水を向ける。すると、女性はつかえていたものを吐き出すかのように応えた。

「とてもおいしかったです。塩ロールキャベツ？　初めて食べました。バターが効いて、コクがあって、シャキシャキした具が入ってるの、おいしいですね」

「それはよかった。それねえ、実は会心《かいしん》のできなんですよ。塩加減を決めるのは、簡単なようで、なかなか難しいから」

今夜のロールキャベツの煮汁は、鶏ガラからとったスープと昆布だしに、塩とバターを入れたものである。タネは鶏と豚のひき肉と、にんじん・玉ねぎ・干し椎茸、そして粗《あら》く刻《きざ》んだ切り干し大根。ロールキャベツはどうしてもキャベツがくたっとするので、歯ごたえに欠ける。そこで、水で戻した切り干し大根をアクセントとして混ぜたのだ。

「わかります。塩加減は、一番難しいです」

女性の頬に、浅いえくぼができた。

「土曜日のチキン南蛮もおいしかったです。あと、焼き鯖そうめん・トマト味も。焼き鯖を煮るなんて、すごい発想です」

「気に入ってもうて、ありがとうございます。焼き鯖そうめんは、元は醤油味で、滋賀県の郷土料理なんです。トマト味は私のオリジナル」

妙子がトレイを持ったまま解説すると、女性はお腹の前で手を合わせ、深いお辞儀をした。そして、「あ、お金」と、バッグを取りに小走りで席まで行き、とんで戻って来た。

閉店時間を過ぎているのを気にしたのだろう。妙子は微笑《ほほえ》んで、おつりを渡す。女性は小銭を受け取った手を引っ込めず、意を決したように口を開いた。

「あの、アルバイト募集の張り紙を見たんですけど……」

「ああ、あれ」

「……よかったら、私を雇っていただけないでしょうか?」

女性は予想外のことを妙子に告げ、また深々と頭を下げた。

そのまま、面を上げる気配がない。右手を胸の高さに掲げたままなので、バブル期に人気を博したテレビ番組「ねるとん紅鯨団」で告白する人のようだ。

「どうか、お願いします」

「あ、それは、まあまあ。ちょっと、ちょっと、待っててくださいよ」

妙子はトレイを板の間のテーブルの上に置き、慌てて厨房へとび込んだ。

「安江さん!　ちょっと。ちょっと、来て」

安江は爪楊枝《つまようじ》でシーハーやりながら、まさに帰らんとしているところだった。

「あんた、そんな、口も隠さんとからに。百年の恋も冷めるで」

「だって、えのき茸がとれないんだもん。……血相《けっそう》変えてどうしたのよ？」

「そうそう、あのお客さん。亭主が宴会中の人」

「なあに？　息子がライブ会場で圧《お》されてケガでもした？」

「違うって。うちでバイトしたいんやて」

「え、ほんと⁉」

朗報《ろうほう》を耳にするや否や、安江は爪楊枝をゴミ箱に放り投げた。

妙子と安江は板の間のテーブル席で、女性と向かい合った。即時面接に至ったのは、コートを脱いだ安江が化粧を直したからであり、女性も面接を希望したからである。

「昼の部も夜の部も入ってもらえるのは、うれしいけれど……」

千駄木二丁目在住という篠原睦美《しのはらむつみ》は四十七歳。実年齢よりずっと若く見える睦美の印象は、さっきと同様、好《よ》いことに変わりはない。が、経歴を聞いて不安になった。というのも睦美は、学生バイトはおろか、知り合いの店の手伝いの経験すらなく、人生で一度も働いたことがないらしいのだ。

「短大卒業と同時に結婚して、ずっと専業主婦だったんです」

最近では珍しいのではないだろうか。お嬢さま育ちとまでは言わないが、一度くらい労働経験のある人でないと、下町食堂の雑務をこなし、続けられるとは思えない。

「失礼ですけれど、昼はともかく、夜も五時から九時までなんて大丈夫なの？　その時間に一家の主婦が家を空けるのは、家族がいい顔しないんじゃない？」

険《けわ》しい顔で安江がたずねた。風が強くなってきたようで、くれ縁《えん》のガラス戸がときどきガタガタと鳴る。庭の手前の細い木が、和室の電灯に照らされ、大きく揺れているのが見える。

「大丈夫です。主人は単身赴任中ですし、子供ふたりも、成人して家を出てます」

「あら、じゃあ今は、ひとり暮らしってわけ？」

「そうなんです。私、ひとりっきり」

睦美は目を軽く伏せ、はにかむように笑った。久しぶりの独身生活、羽をのばしてます。そんな風だった。

「失礼ですけれど、旦那さまがお戻りになるご予定は？」

安江が質問を重ねる。雇ったはいいが、一か月後に「旦那が東京に帰って来たので辞めます」では困る。

「当分は戻って来ないです。行ったばっかりだし。二年、三年……いえ、もっとかも。絶対大丈夫です。お願いします。接客はすぐにうまくできるとは言えませんけど、台所仕事なら、なんとか。どうかお願いします。私、働きたいんです。昼間ひとりで、悶々《もんもん》としてるのはつらくて……。私、がんばります。私、がんばりたいんです」

睦美は必死に訴《うった》えてくる。

着ていた水色のコートは上等そうだし、紺色のタートルネック・セーターの上に光るネックレスはしゃれたデザインで、お値段もよさそうだ。お金には困ってなさそうだから、よほど退屈《たいくつ》なのだろう。

「もっと時給がよくてきれいな仕事が、ほかにあると思うけど、いいの？　どうしてこの仕事をしたいと、思ってくれたの？」

安江はズバズバと質問する。二十代の子を雇うときは、好きな食べものや、学生時代の得意科目など、どうでもいい質問しかしなかったのに、人物の見極《みきわ》めに本気になったとたん、本来の安江に戻ったようだ。

「初めてこちらにうかがったとき、四日前ですけど、おいしくてびっくりしたんです。なんていうか、家庭の味だけど、しっかり丁寧っていうか……。今日の塩ロールキャベツも感激しました。切り干し大根なんて、入れたことないです。お味噌汁もおだしが効いてて、本当においしいです。それから、おにぎり。人ににぎってもらったおにぎりで、私、久しぶりに肩の力が抜けました」

睦美はそう応え、まるで愛《め》でるかのように、テーブルの端に置かれたままの、空の食器たちに目を細めた。妙子の胸は思わず熱くなった。

「それにこの家、じゃないですね、お店。……大きくて、ホッとしたんです」

睦美はそう言って、店内を見回した。あとで履歴書を出してもらえばわかることだが、この人はマンション住まいなのかもしれない。

「女性のお客さんも多いし、料理担当の方の故郷の郷土料理を出してるとか、おふたりがあうんの呼吸で働いてらっしゃるのも、いい感じだなと思ったんです」

金・土・火の三日間、睦美は東京近江寮食堂を、じっくりと観察したらしい。働いたことがないのなら、食堂の方針に染まりやすいだろう（そんなに立派な方針があるわけではないが）。やる気はあるようだし、なにより店の雰囲気や、商品である料理を気に入ってくれたことがうれしい。

妙子と安江は、横目で目配《めくば》せし合った。

「採用します。では、いつから入れます？」

人事成立。安江が笑顔で問うと、睦美は目を輝かせた。こんなにうれしそうな人の顔を見たのは、久しぶりだ。

「あの、今からでは、ダメでしょうか？」

「は？　今から？」

「あの、その、食器を洗いたいと思って。もちろんお金はいりません。研修です。厨房の使い方を知る研修」

そうして睦美は、楽しそうに自分の使った食器を洗い、「勝手口があるんですね」「元々は証券会社の社長さんの家だったんですか」「台所が大きいですね」などと、いちいち感心し、シンクもピカピカに磨いてくれた。

2

翌日睦美は、朝八時に勝手口に現れた。

「おはようございます」

ラジオを聴きながら、おでんの味見をしていた妙子は面食《めんく》らった。

「九時半からでええて、言うたのに」

「すみません。ご迷惑でしょうか？」

「いや、そんなことないけど。早出《はやで》分の時給は出せへん、と思っただけ」

「まさかお金なんて。早く仕事を憶えて、一人前になりたいだけです」

叱られなくてよかった、というように睦美は言った。薄いピンクのセーターの上に、白がまぶしい割烹着《かっぽうぎ》と三角巾《さんかくきん》を着け、ヤル気満々である。

「ほしたら……掃除《そうじ》でもやっててもらいましょか」

「はい。あの、どんなふうにしたらいいですか？」

「掃除にどんなもこんなもあるかいな。きれいにしてくれたらいいです」

初めての就労で緊張しているのか、珍しいことをたずねてくる。少し心配になった妙子は、客が立ち入る場所、すなわち、一階の厨房以外のふたつの和室と板の間、廊下にトイレ、玄関、門前の道路まで一緒に出向き、清掃か所を説明した。

睦美は掃除機を操《あやつ》り始めた。なにがおもしろいのか、「ルンルン♪」と、マンガの吹き出しを横に入れたくなるほど、彼女の動きは軽やかだ。つられてこちらもいい気分になり、ごぼうの皮剝《む》きに鼻歌がまじる。

「妙子さん、玄関、もう掃除してくれたの？　打ち水までしちゃって、すごいじゃない」

ラメ入りの黒いショールで顎《あご》から肩をすっぽりと覆《おお》い、定刻に出勤してきた安江は、驚きながら厨房に入って来た。

「おはようございます。素敵なコートですね」

ちょうどトイレ掃除を終えた睦美が、手の湿《しめ》り気を気にしながら、厨房に現れた。

「おはよう。どうもありがと。デザイン重視の安ものだけどね」

派手な赤いウールのロングコートをほめられ、安江は気分よさそうに笑う。

「掃除、全部、篠原さんがしてくれはってん」

「あらまあ」びっくりの顔で、安江はショールを外した。そして、「こんなにいい人を雇ったなんて」と、感激した表情で目をうるませた。目がうるんだのは、冷《ひ》える屋外から、暖かい厨房に入ったからでもある。

「ちゃんときれいになってるか、わかりませんけど」

「私がやるよりずっときれいよ。でもどうして、そんなに早く出勤したの？」

「今日から仕事だと思うと、うれしくて早く目が覚《さ》めてしまったんです」

睦美は恥ずかしそうに、割烹着の袖《そで》に手をやった。グレーのボックススカートから伸びた足をもじもじとさせ、まるで遠足の日の子供のようだ。ずっと社会参加をしたかったのに、ご亭主に働くことを止められていたのかもしれない。

「もう安江さんがやることないで。今日はおでんやし、小鉢の準備もゆっくりでええし」

「あとは『営業中』に札を返せばいいだけね。ヤダもう、ありがと♡篠原さん」

安江はブリブリ（死語）しながら礼を言い、「あたし、昨夜旦那とけんかして悔《くや》しくて寝らんなかったから、ちょっと休んでいい？」と、あくびを嚙み殺して、客間の方へ行ってしまった。

昨夜はいつもより遅く帰宅したのに、安江は夫婦げんかをしたようだ。まったくしようがない。もっとも妙子にとっては、けんかのできる亭主と同居しているのは、うらやましい限りだけれど。

「営業時間以外も、家庭的なお店ですね」

くれ縁の陽の当たる場所に座布団を並べ、ゴロリと横になった安江に、睦美は驚いている。

「あの人はいっつも、あんなもん。無理したら仕事は続けられませんからね。そやし篠原さんも遠慮なく、自分の希望を言うてや。よく働き、よく休み、よく食べる。ほら、あれ。最近よう聞く、ライフ・ワーク……なんやったっけ？」

「ワーク・ライフ・バランス？」

「そう、それそれ。バランスとって、無理せんようにね」

働きやすいと、睦美に感じてもらおうとする妙子だが、ワーク・ライフ・バランスとは、そういうことなのだろうか。

「はい、わかりました。では、早速《さっそく》私も希望を言っていいですか？」

いきなり来たか。話をふっておきながら、妙子は身構える。

「はい、どうぞ。なんなりと、遠慮なく」

「私も苗字《みょうじ》じゃなくて、下の名前で呼んでくださいますか？」

「……オッケー、オッケー。昼寝から起きたら、安江さんにも言うとくわ」

うれしい申し出に、妙子はニンマリしながら、何度もうなずいた。

睦美は「いらっしゃいませ」こそ、なかなか大きな声で言えなかったが、大した失敗はしなかった。「間違ってはいけない」と、なんでも確認するからだ。ゴミの分別法《ぶんべつほう》から、食器を洗うスポンジにつける洗剤の量にいたるまで、いちいち質問されるのには閉口《へいこう》したが、辞められては困ると、妙子も安江も笑顔で応じた。

睦美はさすがに大人で、若者のように遅刻をしなかった。それどころか、毎日一時間も早く来て働くので、大助かりだった。

専業主婦歴が長いだけあり、厨房での動きはすぐ飲み込み、野菜の皮剝きや千切《せんぎ》りなどの下ごしらえは、安江がやるよりずっと手早い。

そのうち妙子は、朝起きたときの気分が違うことに気がついた。「今日もがんばるぞ」と思うのは同じだが、以前より気楽なのである。布団から起き上がる前、心置きなく伸びをする。料理のできる人がいると違うなあ。

そんなこんなで睦美は真面目《まじめ》に働き、「いらっしゃいませ」も堂々と口にできるようになり、あっという間に一週間が過ぎた。

「すごい量やな」

一月も下旬の午後。ランチタイムのあと、遅い昼食を終えた妙子ら三人は、安江の息子(三十一歳)が持ち込んだ、大量のタラコの入った段ボール箱を囲んで思案《しあん》している。本日が賞味期限のタラコを、すずきやがタダ同然で仕入れたらしい。一部はスーパーで販売するが、残りは東京近江寮食堂で使えと、押しつけられたのだ。

「こんだけの量、今日中にはけるかどうか……」

「タラコは高くて、あまり買えないから貴重だけど、多過ぎ。きっとうちの宿六《やどろく》が、卸《おろ》しに恩を売りたくて、全部買い取ったのよ。うちはバッタ屋じゃないっての」

普段はこういう持ち込み歓迎の安江だが、今日は否定的だ。食品が生モノだからか、亭主とまだ仲直りをしていないからか。

「何回かタラモサラダを、小鉢で出したことあるけどな」

「マヨネーズと混ぜて、もやしと切り干し大根を和《あ》えたの、おいしかったわ」

「タラコのおにぎりを作っといて、余《あま》ってもかなんし、忙しいときに、いちいち握るのは大変やし……」

「ひとり一腹、タラコつけちゃう？」

「小鉢タラコ地獄《じごく》。同じ食材ばっかりやと、千晶さんあたりから、苦情が出そう」

妙子と安江がぶつぶつ話し合っていると、睦美が胸の前で手を合わせながら、おずおずと話に入ってきた。

「すみません、あの……」

安江が睦美に、経営者としてのまなざしを向けると、睦美はビクッとして口をつぐんだ。

「なになに？　ほら、自分の希望は遠慮なくって、言うたやん」

睦美は本当に奥ゆかしい。妙子は安江の足を小突《こづ》く。安江は急にへにゃっと笑い、「もうー、おしえてよう」と、甘えるように言ってみせた。

「あの……子和《こあ》えはどうでしょうか？」

「こあえ？」

「はい。青森の郷土料理です。しらたきやにんじんを炒《いた》めて、タラコと煮たものです。向こうでは真《ま》ダラの子を使いますが、大きいものでも、煮れば縮《ちぢ》むし……。このスケトウダラの子は粒が小さいから、あっという間になくなると……」

焼きタラコをあまり好まない妙子は、加熱する発想がなかった。

「睦美さん、青森県の人だったの」

「あ、はい……」なぜか睦美は、バツが悪そうに目を伏せた。

「子和えて、聞いたことあるような、ないような」

真ダラの水揚げが多い青森や北海道では、一般的な家庭料理らしい。

「睦美さん、ちょっと作ってみてえな」

妙子の依頼に、睦美はコクリとうなずいた。

中くらいのアルミ鍋に、千切りにんじん、二センチくらいにカットしたしらたきを入れ、油でさっと炒める。そこへ酒と水を入れ、しばらく煮たところへ、湯戻しして小さな短冊《たんざく》に切った高野豆腐《こうやどうふ》と、縦にバッサリと切れ目を入れたタラコを五腹投入し、かき混ぜながら強めの中火で煮続けた。

「タラコは皮ごと入れてええの？」

「皮は縮んで勝手に取れるから、途中でつまみ出せば大丈夫です」

最後に香りづけ程度に濃口醤油が垂らされ、コンロの火が消された。材料を切る時間を入れても、三十分とかからず、子和えはでき上がった。

「タラコがいっぱいで、すごくおいしい！」

「魚卵《ぎょらん》のうまみがすごいな」

白くバラバラになったタラコが、具材を包むように絡む子和えを、パカパカとかき込む安江と妙子に、睦美はホッとしたように胸の前で手を合わせた。どうやらこの仕草が癖《くせ》になっているらしい。

「うちではにんじんだけで作ります。凍《し》み豆腐やしらたきを入れるのは、お客さまが来たときや、気合が入っているときだけ。タラコの皮もそのまま食べてしまいます」

妙子や安江が言うところの「高野豆腐」は、睦美には「凍み豆腐」だ。東北地方で使われる凍み豆腐は、高野豆腐の別名でなく、製法が少し異なるものらしい。だが、どちらも乾燥してスポンジ状になった固い豆腐で、用途《ようと》は変わらない。ちなみにＪＡＳ規格では「凍《こお》り豆腐」が正式名称である。

「タラコが調味料でもあり、メインでもある料理やな。よっしゃ、今晩の小鉢に出そう。もっと作って」

「ダメです、私が作ったものなんて。妙子さんに作ってもらうために、お見せしたのに」

睦美は両手を顔の前でぶんぶんと振った。

「そやかて、作り慣れてる人が作った方がええもん」

「そうよぉ。これ、すっごくおいしいもの。タラコも一気に減るし」

「素人《しろうと》やとか、考えんでもええて。私もしょせん、素人上がりや」

妙子が自嘲気味に言ってやると、睦美の顔がだんだんとほころんできた。

おっと、モチベーションが上がったか？　妙子と安江は、心の中でニンマリする。

「なんだか、青森の郷土料理に興味が出てきちゃった。他になんかなあい？」

すかさず安江がたずねた。睦美は一瞬困り顔になったが、すぐにうれしそうに思案し始めた。

「じゃあ、イガメンチはどうですか？　うちの息子が好きなんですけど」

「どういう料理？　それ」

「とげとげのイガグリみたいな衣がついた、メンチカツ？」

「あ、イカです。イガは青森のなまりです。すみません。イカをたたいて、野菜と混ぜて揚げ焼きにします。えっと、野菜類はありますね。あとはイカがあれば……。私、今からイカを買って来ます」

「え？　あ、ちょっと」

安江が止めるのも聞かず、睦美は割烹着の上からコートを羽織《はお》り、バッグを手にすると、矢のように勝手口からとび出して行った。

すずきやに電話をすれば、配達してくれるのに。睦美の素早い行動に、やはり故郷の料理を自慢したいんだなと、おばちゃんふたりは苦笑した。

やがてスルメイカを三杯買って来た睦美は、すぐに調理を始めた。イカの皮はそのまま、ゲソを切り分け、胴体や耳の部分も含めて、すべて粗みじんにしている。

「フードプロセッサーがあると、もっと早いんですけど」

「妙子さんは昔人間だから、そういう文明の利器はここにないのよ」

流し台の横に置かれた大きなまな板で作業する睦美を、妙子と安江は日課の昼寝も忘れ、両脇から興味深く眺めた。

キャベツ・にんじん・玉ねぎ、青じそ・長ねぎも、イカと同じく粗く刻んだ睦美は、イカは山ほど、野菜類は少なめの配分で混ぜ、塩・胡椒《こしょう》で下味をつけると、卵・小麦粉・片栗粉《かたくりこ》でまとめ、小ぶりの小判《こばん》型をいくつもこしらえた。

「このまま揚げるやり方もあるけど、私は焼きます」

多めの油をひいたフライパンに、小判型が載せられた。まるでイカのハンバーグだ。いいにおいがしてきた――。

イガメンチは弘前《ひろさき》市あたりで考案されたものだ。各家庭によって作り方はさまざまで、似たような食べものが、千葉県の房総《ぼうそう》半島や新潟県にもあるという。イカがたくさん獲《と》れる土地ならではの料理なのだろう。

やがて、こんがりとキツネ色に焼けたイガメンチに、妙子と安江は歓声を上げた。

「見た目は地味で、あんまりおいしそうじゃないですけど」

「こういうのは、こんなもんやろ。……うん、イカがゴロゴロ入って、タネはモチモチ」

「肉と違って、あっさりしてるわね。……よし。すぐにイカを配達させましょう。生は高いから、冷凍を使って。これもオプションでね？　妙子さん」

「大いに賛成。今晩の目玉や。睦美さん、今日はちょっと、がんばってもらうで」

「え？　え？　そんな、これも出すんですか？　いきなり？」

目を白黒させる睦美の肩をバンとたたき、「お願い。売り上げアップにどうか協力してちょうだい」と、安江は神さまお願いポーズをとって見せた。


「おー。イガメンチ。せんべい汁もあるじゃん」

午後五時半。夜の部を開店してすぐ、江守慎二《えもりしんじ》がひとりでやって来た。壁の黒板に「青森まつり」と書き加えていた安江は、黄色いチョークを手に振り向く。

「あら、いらっしゃい。今日は早いわね。慎二君」

「外出先から直帰です。俺、チキンのトマトソース煮定食に、……イガメンチは小三つか。それをオプションで。味噌汁はせんべい汁に変更。昼、食い損《そこ》ねたから、メシ大盛りでお願いします」

「慎二君は、いっつも大盛りやんか」

快活《かいかつ》な男性の声に、妙子が厨房から顔を出すと、「あはは。そうだった」とおどけ、慎二は床《とこ》の間を背にして、座卓に着いた。

慎二は三十代半ばのビジネスマンだ。身に着けた黒いスーツは、長身細身の体軀《たいく》にフィットし、グレーのシャツと薄いパープルのネクタイが、イケメンぶりを際立《きわだ》たせている。

「慎二君、イガメンチ、知ってんの？」

「もちろん。だって俺、青森出身だもん」

なにごとにもソツのない慎二は、生まれも都会だろうと、妙子は勝手に想像していた。

「そうやったんか。いや、睦美さんも青森の人やねん。……なあなあ、睦美さん、ちょっと来て」

同郷人と出会うのは、誰でもうれしいものだ。妙子は厨房にいる睦美を客間に呼んだ。

「こんちは。睦美さんも青森ですか。どちらです？　俺、中泊《なかどまり》」

「……八戸《はちのへ》です」

人懐《ひとなつ》っこくたずねた慎二に、睦美はなぜかきまり悪そうに応える。

「おー、都会もんだー」

「いえ、そんなことないです」

「でも新幹線乗るのに、苦労しないっしょ?」

「でも、八戸駅までバスで十五分もかかるし……」

「俺んちなんて津鉄《つてつ》の無人駅まで、車で一時間はかかりますよ。バスもないしさ」

慎二は自虐的に言ったが、睦美は薄く笑っただけで、あまり話に乗ろうとしない。東北新幹線と三沢《みさわ》空港のどちらを使うことが多いかと質問されても、あいまいに言葉を濁《にご》し、オーダー用紙を手に、厨房に引っ込んでしまった。ちなみに津鉄とは、津軽《つがる》鉄道のことである。

慎二とは初対面でなし、もう少し喜ぶかと思ったのに。

料理の一部を任され、余裕がないのか。それとも先日、「慎二君は結構なプレイボーイらしい」と安江から聞かされ、彼に嫌悪感《けんおかん》を抱いているのか。

「俺、津軽人だから、嫌われたかな……」

やはりつれないと感じたのだろう、慎二は寂しそうにつぶやいた。モテ男はたとえ相手が食堂のおばちゃんでも、ちやほやされたいようだ。

「『俺、津軽人』て、青森の人はみんな、津軽人やないの？」

「違うんですよ。青森県は津軽と南部《なんぶ》で、真っぷたつに分かれてるんです。八戸は南部だから、南部人のプライドがあるんです」

「そうなんですってねえ。仲が悪いのよね、実は」

きょとんとする妙子に、慎二と安江が苦笑いで説明を始めた。

青森県は安土桃山《あづちももやま》時代から奥羽山脈《おううさんみやく》を境に東西に分かれ、今でも秘《ひそ》かに対立している。

理由は諸説あるが、のちの津軽弘前藩主・津軽為信《ためのぶ》がうまく立ち回り、南部藩が治めるはずだった広大な領地の一部を、自分のものだと豊臣秀吉《とよとみひでよし》に認めさせたからというのが広く信じられている。この逸話《いつわ》から、津軽人は「ズル賢《がしこ》い」、南部人は「マヌケでおっとり」と、称されるようになったらしい。

「なんと、安土桃山時代から！」

「俺はそんな昔話どうでもいいけど、親とか周りは、南部人をステレオタイプに見てますよ」

もう二十一世紀だというのに、あまりの執念深《しゅうねんぶか》さに妙子はのけぞる。「血液型Aの人は几帳面《きちょうめん》」など、日本人はレッテル貼りが好きだけれど、けんかはよくない。

「そうでしょう？　だから青森はダメなんです。その地域に住んでるから、そういう人間だって決めつけるのはおかしいでしょ。だから俺、家に帰らないんです」

慎二はもう五年ほど、帰省をしていないらしい。彼曰《いわ》く、故郷は『意地悪な人』と『自分だけよければいい人』が集《つど》う過疎《かそ》地だそうだ。実際慎二は、高校に通うために弘前市に下宿し、大学進学で上京、そのまま東京に居ついたという。

「同じ青森県人でも、こういう価値観はしゃべってみないとわからないかなあ」

そう言えば、少し前、滋賀県は北部・彦根《ひこね》市の市長が茨城県水戸《みと》市を訪れ、安政《あんせい》の大獄《たいごく》で命を落とした侍たちの墓参《ぼさん》をしたと報道されていた。江戸時代末期の幕府大老《たいろう》・彦根藩主の井伊直弼《いいなおすけ》によって、切腹を命じられたり処刑された水戸藩士たちの墓である。墓参は話題作りのパフォーマンスとばかり思っていたが、滋賀県南部出身の妙子が、疎《うと》かっただけなのかもしれない。

恨みは語り継がれる――。世界のあちこちで起こっている紛争やテロの原因に近いものを感じ、渋い顔になった妙子に、「飲み屋話で楽しむのはアリ、なんですけどね」と、慎二はフォローするように笑った。

厨房に戻ると、イガメンチができ上がっていた。

「イガメンチ、マヨネーズをつけてもいいんですけど、江守さんにはこれがいいかも」

慎二のトレイに、夜の部が始まる前、自ら大急ぎで買いに走った「スタミナ源《げん》たれ」の瓶《びん》を睦美は載せた。飯田橋《いいだばし》に青森県のアンテナショップがあるのだ。

スタミナ源たれは、青森県民のソウルフードならぬ、ソウル調味料らしい。甘めの焼き肉のたれ風で、青森県名産のリンゴとにんにくがふんだんに使われている。

「うちの子はふたりとも、なんにでもこのたれをかけて食べてました」

子供たちが家にいたころを思い出したのか、睦美はクスッと笑った。慎二を嫌厭《けんえん》しているのかと思いきや、故郷の味を食べさせたいというやさしさを見せている。

さっきの態度との違いに、妙子と安江は秘かに首をひねる。とはいえ、あまりこの話題に固執《こしつ》しない方がいいのだろう。

「なんにでもかけるの？」

「はい。天ぷらにもハンバーグにも、冷ややっこにも、おそうめんにも」

「へえ。こんなの普通のスーパーには売ってないわね。毎回飯田橋に買いに行ってるの？それともお取り寄せ？」

安江がたずねると、睦美はハッとした様子で、「そうです、飯田橋まで行ったり、帰省したときに買ったり……」ともごもごと言い、トレイを奪うようにして客席に運んで行った。せっかくの料理が冷めると思ったのかもしれないが、ちょっと様子が変だ。

「おー、スタミナ源たれ。スゲー、久しぶりだー」

慎二は大仰《おおぎょう》に反応している。態度の冷たかった睦美が一転、自分を気遣ってくれたことに感激したのだろう。自ら進んで膳《ぜん》を運んだところからして、別に慎二を嫌ってはいないようだ。

「なんや、今度は仲良う、しゃべってるで」

さっきは調理が気になり、気もそぞろだったのかもしれない。

そうこうしているうちに、夜の部の常連、年金生活の老夫婦が三組と、ふたりの老男子・久保《くぼ》と佐藤がやって来た。昼の部専門であるこのじいさんたちが、夜の部にやって来るのは珍しい。

「佐藤さんが飯食おうって、久保さんを誘ったみたい。赤魚《あかうお》の煮つけ定食二に、イガメンチ一、せんべい汁一。あと、くれぐれも小鉢に使うわさびは控《ひか》えめにしろって」

「ふっ。二週間も前のことを、来る度に言わんでもええのに」

あの日は涙をにじませ、平静を装《よそお》っていた佐藤だったが、さすがの江戸っ子も懲《こ》りたのだろう。妙子はかわいそうなことをしたかなと、ちょっと反省し、子和えとひじき煮、盛りをよくしたモロへイヤとかぶのお浸しの小鉢を、それぞれのトレイに置いた。

「睦美ちゃん、イカメンチカツって初めて食ったけど、なかなかうまいね。俺はマヨネーズより、醬油をかける方がいいけどよ」

「ありがとうございます」

「お前ぇ、イカメンチカツじゃなくて、イガメンチだよ。まったく年寄りはしょうがねえな。なあ、睦美ちゃん」

「いえ、料理の名前なんて。おいしいと言ってもらえれば、それだけでうれしいです」

「やさしいねえ。いや、俺は子和えが気に入った。また作ってよ」

久保と佐藤に故郷の料理をほめられ、睦美はやはりうれしそうだった。

七時を過ぎたころ、千晶と佐奈が連れ立ってやって来た。ふたりは千駄木駅の改札《かいさつ》で、バッタリ会ったらしい。

「定食は赤魚の煮つけに、チキンのトマトソース。それからイガメンチ一、せんべい汁二。ひとつはせんべい抜き。イガメンチはふたりで分けるから、四つにしてって。足りるかしら?」

千晶と佐奈のオーダーを告げ、安江はイガメンチの残り数を心配した。思ったより、このオプションメニューを注文した客が多かったからだ。まさに青森まつりである。

「数は大丈夫です。でもイカなのに。千晶さん、こんなにたくさん入ってると思ってないかも」

「なんで?」

「イカはコレステロールが多いっていいますし……」

千晶が妊活の食事療法中なのを、睦美も知っている。「これはダメ」「あれは良い」と、いちいち食材を評価する千晶を、睦美は恐れているようだ。

「タラコもコレステロールが多いです。小鉢、違うものに変更した方が……」

健診《けんしん》で気にされることの多いコレステロール値だが、妊活に影響はあるのだろうか。

「黒板に子和えの説明はしてあるし、イガメンチも本人が注文したんやから、ええやろ。

タラモサラダも、食べられへんかったら、佐奈ちゃんに譲《ゆず》らはるって」

「そうよ。佐奈ちゃんは、好き嫌いがないのが自慢だって言ってた。子和え、子和え。大
盛りで出してね」

妙子も安江もタラコを減らしたい一心に見えるが、本当のところ、まだなにも言われて
もいないのに、ビクついてほしくないのだ。睦美は自信がないことに加え、文句をつけら
れないよう、先回りして行動しようとする。いくら客商売だといっても、過剰《かじよう》な配慮は
感心しない。

「まあ素敵。今日は女性ホルモンがアップするメニュー満載《まんさい》」

果たして安江と睦美がトレイを配すると、千晶は明るい声で喜んだ。

「え、そうなん？」

のれん越しに様子をのぞいていた妙子は驚く。

「イカ、タラコ、卵黄《らんおう》。コレステロールの多い食材ばかり。コレステロールは女性ホルモンの素《もと》なんですよ」

千晶はそう言って小鉢を取り上げ、子和えをひと口食べた。ちなみにタラモサラダには、じゃがいもとタラコのほか、ゆで卵と玉ねぎが入っている。

「この子和え、青森で食べたのより、しょっぱくない。あっちは、全体に塩が強いですよね。でもこれは大丈夫」

「よかった。身体に悪い料理じゃなくて」

睦美はホッとしたようにつぶやいた。そんな彼女に、「妊娠力アップしました」と、千晶はいたずらっぽく応じている。睦美はお役に立てたとばかりに、深いお辞儀をした。

「私はせんべい汁に夢中ですぅ。おつゆにふやけた、このせんべいがたまりません……」

汁をすすった佐奈が、文字通り、顔をふにゃっとさせた。

せんべい汁は青森県八戸市あたりの郷土料理だ。夏の東北地方は、太平洋側に冷たく湿った風「やませ」が吹きつける。その影響で稲の生育《せいいく》が悪く、昔は麦や雑穀《ざっこく》が主食だった。小麦粉で作られる南部せんべいを鍋に入れたのは、必然だったのだろう。

「うちは鶏肉でだしを取りますけど、豚肉とか魚のあらとか、サバ缶も昔から定番です。

具も家ごとに違うし。元は鍋料理だから、なにを入れても大丈夫なんです」

鶏のもも肉とごぼう、大根、にんじん、長ねぎ、しめじを入れた澄まし汁風のおつゆで、睦美はせんべい汁を作った。ごぼうの滋味《じみ》あふれるつゆに浸かったこのせんべいは、菓子ではなく、煮くずれしにくい鍋用の「かやきせんべい」である。

「千晶さん、ごめんなさい。目の前でおせんべいなんか、食べちゃって」

「いいの、気にしないで。もう一度、我が子を胸に抱くためだもの」

急に気兼《きが》ねした佐奈に、千晶はやさしく首を振った。が、すぐに向こうの方にいる母親らしき女性と幼い子供に目をやり、表情を硬くする。

「あの人、さっきからスマホばっかり見て、子供のこと、ちっとも見てないのよ」

「今日が初めてのお客さんなのよね」

千晶の指摘に呼応するように、安江はつぶやいた。実は安江も、ずっと気になっていたようだ。

玄関側の和室の隅に座るまだ若いだろう女性は、子供用のスプーンを手にした右手で、座卓の上に置いたスマホを操り続けている。よちよち歩きの男の子は動き回り、他の客のトレイに手を出したり、身体に寄りかかったり……。と、今度は机の角《かど》に頭をぶつけそうになった。みんなその度、大人の対応をしているが、肝心《かんじん》の母親は子供に向けた目線を、すぐにスマホに戻してしまう。

このご時世《じせい》、多少は仕方ないにしても、妙子も眉《まゆ》をひそめざるをえなかった。

3

「あら、社長。いらっしゃいませ。お久しぶりですわね」

青森まつりを始めて三日目。昼の部が終わる午後一時半ギリギリに、嵐皮《あらしかわ》社長が食堂にやって来た。出迎える安江の声を耳にし、妙子は慌てて藍のれんから顔を出す。

「こんにちは。どうも、ご無沙汰してます」

「本当に。ちょっと遅くて申し訳ないんだけど、お願いできるかしら？」

「どうぞ、どうぞ。大歓迎ですよ」

嵐皮祐樹《ゆうき》は、妙子にとって特別な人だ。都内で七つの飲食店を展開する「嵐華家《らんかや》」の社長で、妙子の夫・秀一《しゅういち》が単身上京した際の恩人だからだ。

ショートカットの白髪をひとすじ、藤色に染めているのが小粋《こいき》だ。古希《こき》を過ぎたというのに姿勢が良いのは、キリリと締めた花紫の帯のせいだけではあるまい。仕事への緊張感が自然と背筋に出るのだろう。ちなみに今日の着物地は、ジーンズに使われるデニムだ。

「なんと、イマドキの着物やないですか」

「手入れが楽ですからね。意外に着くずれないし。着るものも、食べものも、新しいものを敬遠しないで試《ため》すことにしているの」

さすが社長。店を繁盛《はんじょう》させ続けるには、伝統を重んじるだけでなく、変化を怖《こわ》がらないことが大切だと、身をもって実践している。だてにビブグルマン選定店を三つも抱えてはいない。

「青森まつり。いいわね。では、ブリ大根定食にイガメンチをお願いします。お味噌汁は、けの汁に変えてください」

「はい、承知しました」

社長の注文に明るく返事をした妙子だが、心の中は少しざわついていた。

東上野《ひがしうえの》の居酒屋をとび出したあと、野菜の卸し業に戻った秀一は、年末も忙しかったらしい。年始はひとり、足立《あだち》区のアパートで過ごすと聞いたので、元日は東京近江寮食堂に来ないかと、妙子は誘ってみた。しかし秀一は姿を現さなかったので、ひとり部屋で酒浸りかと、秘かに心配した。なぜなら秀一は東京でひとり暮らすうち、アルコール依存症に陥《おちい》ってしまったからである。

「一緒におせちを食べると、お酒を飲みたくなると思ったのよ」

実際スリップ（断酒中に再飲酒すること）しやすい時期だと、断酒会ミーティングは正月も行われているそうだから、安江のなぐさめも、あながちはずれてはいないのかもしれない。

そこで一月二日の朝、作ったおせち料理を秀一のアパートに届けに行ったが、留守だったので紙袋ごとドアの前に置いて帰った。真冬のことゆえ腐敗の心配はしなかったが、その日の夕方再度様子を見に行くと、紙袋はなくなっていた。

裏の窓から室内をのぞくと、レースのカーテン越しに、三段の重箱がテーブルの上に載っていた。秀一はまたもや不在だったが、じわじわとうれしさがこみ上げ、その足で寄った西新井大師《にしあらいだいし》に、お賽銭《さいせん》を千四十円も奉納してしまった。千円はもちろん紙幣だが（五百円硬貨は『これ以上、大きな効果［硬貨］はない』の意味だから使わない）、五円玉だけで四十円分、投げ入れた。五円玉八枚の意味は、『末広がりにご縁がありますように』である。

「どうかしましたか？」

つい考えごとにふけった妙子に、熱したフライパンの上に生イガメンチを置きながら、睦美が声をかけてきた。自分はよほど変な顔をしていたのだろう。

「ううん、なんでもない」

夫が以前いた野菜の卸し店に戻る際、再度断酒会に通うことを条件に、嵐皮社長はまた秀一の身元引受人になってくれたのだ。今日はなにか、秀一についての知らせを持って来てくれたに違いない。朗報なのか、そうでないのか、まだわからないけれど。

「社長がせっかくだから、お昼一緒に食べませんかって」

安江が厨房に来て告げた。妙子は明るい声で、「よっしゃ。みんなでごはん食べよ。お腹空いたわ」と自分を励まし、賄いメシも一緒に作り始めた。

四人は板の間のテーブル席に着いた。

社長の向かいには妙子が、隣には安江が座った。安江が睦美を紹介すると、彼女は三角巾を取り、丁寧にあいさつをして、社長のはす向かいに腰かけた。ちなみに従業員三人の昼食メニューは客との差別化を図《はか》り、ブリ大根なしの、イガメンチとけの汁、小鉢三種と白飯である。

冬晴れの陽差しが客間の大窓から降り注いでいる。もう今年も、ひと月が過ぎようとしている。

「けの汁なんて久しぶり」

「睦美さんが作ってくれました。睦美さんは青森県出身なんです」

合点《がてん》がいった顔で汁椀に口をつけた社長に、「小正月《こしょうがつ》はだいぶ過ぎてしまいましたけど」と睦美が言うと、社長が話を引き取った。

「けの汁は元々、小正月に食べた精進料理ですものね。たくさん作って、正月も働きづめだつた女性たちを休ませるための料理が、郷土の名物になったのよね」

「粥《けえ》の汁《しる》」が縮まった「けの汁」は、無病息災《むびょうそくさい》を祈ったものでもある。今日の昼からメニューに載せたが、大根・炒《い》り豆腐・にんじん・わらび・椎茸・長いもと「食べごたえ十分」と記載したら、意外にも女性客の注文が多く入った。

「これも青森ね。うちの方では、砂糖味噌を青じそで巻いたのをよく食べるけれど、しそ巻き梅漬けも、おいしいものね」

今日の小鉢のひとつは、しそ巻き梅漬けだ。梅干しの果肉を、赤じその梅漬けで巻き、さらに砂糖に漬けたものである。梅干しでなく杏《あんず》で作る場合もあり、甘酸っぱさとさわやかなしその風味が、いい箸休めになる青森の保存食だ。同じ東北でも、社長の故郷山形県では、味噌と砂糖、米粉《こめこ》を混ぜたものを青じそで巻き、油で揚げたものを、夏場に食べるらしい。

「みずも懐かしい。今は冷凍庫があるけど、昔は春に摘《つ》んだみずを塩漬けにしておいてね。冬に取り出しては、母親が大事に料理してくれたものよ」

ふたつめの小鉢は、みずの醬油煮である。東北地方でよく食される「みず」は、ウワバミソウの別名だ。シャキシャキした食感と粘《ねば》りがおいしい、東北地方以外ではあまりみない山菜《さんさい》である。

「今度は青森の郷土料理が勉強できるという訳ね。いい方に来てもらって、よかったわね」

嵐皮社長の柔和《にゅうわ》な笑みに、妙子と安江は複雑な心境でうなずいた。

実はみずの醬油煮は、頼んでもいないのに、睦美が自腹で大量購入して来たのだ。仕入れなので、安江が代金を支払おうとすると、みんなに味わってもらいたかっただけと、睦美は金を受け取らなかった。

安江も妙子も困ってしまった。気持ちはありがたいが、帳簿が合わなくなる。身銭を切らせたままもよくない。でもせっかくの好意に水をかけるようなマネはしたくないし、なにより退職されたら困る。だから妙子も安江も、今回だけはと目をつぶったのだった。

「本当に。お料理だけじゃなくお掃除も上手で、助かってるのよね、妙子さん」

「そうそう、そうなんです」

三つ目の小鉢・煮卵を飲み込みながら、妙子は大げさに同意した。

「そんなことはないです。私はみなさんみたいに働かずに、ずっと家事しかしてこなかったので、この年になるまで世の中のこと、なんにも知らなくて……。全然ダメです」

睦美はまたまた、へりくだる。

「あら、それがこうして役に立ってるんだから、よかったじゃないの。青森まつりにも、つながったんだし」

「いえ、みなさん、何十年もお仕事しながら家事もこなして、本当にすごいです。妙子さんは定年まで病院で働いて、今は食堂でお料理作って。安江さんも、お姑《しゅうとめ》さんの介護をしながら近江寮の管理をしておられた。嵐皮社長さんにいたっては、東京で男の人に交じって社長してるだなんて、私からしたら雲の上の方です」

「あら、お若い方にそんな風に言っていただけると、お世辞《せじ》でもうれしいわ」

おやおやといった表情で、社長が言った。今どき女性社長など、珍しくもない。それに都道府県別でいうと、青森県は女性社長の比率が全国で一番高いのだ。

「社会に出てる人は、ちゃんと話ができてうらやましいです。私、お客さんとうまくしゃべれないし」

「そんなことないわよ。慎二君と仲良くしゃべってたじゃない」

安江が口をはさんだが、「あの人は、相手するのがうまいから」と、睦美は謙遜する。

「仕事をしている人が偉《えら》くて、専業主婦が下だなんてことはないのよ。あなたはどうも、今まで社会参加してなかったと思っているようだけれど、家族のために家事労働をしていたのなら、立派に社会に参加していたことになる。家庭は人が生まれて最初に出会う社会だからね。それに、ご近所づきあいもされているでしょう。お金を儲《もう》けるだけが、社会参加じゃないのよ」

社長の話を、睦美は目からうろこが落ちたように、聞いている。

「今までの自分に誇《ほこ》りを持って、働かれるといいわ。そして新たになりたい自分が見つかれば、その目標に向かって努力すればいい。客としゃれた会話ができる人になりたいと思うのなら、積極的に話しかけて、話術を磨《みが》けばいいだけの話。だから自分を卑下《ひげ》するのはおやめなさい。今までの人生があったからこそ、こうしてここにいるんだから。なりたい自分に近づくために、できることはなにかを考えた方が建設的よ。人間いくつになっても遅過ぎることはない。なりたいものに必ずなれる。あなたはこれからも成長できる。私もこんな年だけれど、まだ成長しようと企《たくら》んでるのよ」

最後にウインクをしてみせた社長に、睦美は目をパチクリさせ、直後破顔《はがん》した。いや、睦美だけでない。妙子も安江もすっかり励まされた。さすが嵐皮社長。言うことが違う。

「私、千晶さんみたいに、自分の意見をきちんと主張できるようになりたいです」

「千晶さん？」

問い返す社長に、高揚《こうよう》したように睦美は説明し始めた。

「ここのお客さんです。きれいで、格好良くて。私もあんな風にハキハキしゃべれたら、バカにされないだろうなって」

「ハキハキしゃべれないからバカにするなんて、どなた?」

「主人に。よく言われるんです」

やはり睦美は、夫にあまり良く言われてなかったのだ。長年モラハラ亭主と、萎縮《いしゅく》した生活を送っていたのかもしれない。

「千晶さんの妊活が、うまくいくといいです。食事療法を応援したい。私もふたりの子を育てたけど、子供はひとりより、やっぱりふたりいた方がいいですから」

睦美は珍しくハイテンションだ。悪気はないのだろうが、秀一の子を三度身ごもり、ひとりも産まなかった妙子としては、複雑な気分だ。ひとり息子を持つ安江も、笑おうにも笑えないといった風だ。独身を貫《つらぬ》いている嵐皮社長も、引っかかったかもしれない。

それにほめるだけならともかく、妊活のような客のプライバシーにかかわる話を、他人に名前を出してするものではない。妙子も安江も内心焦《あせ》った。

「妊娠しやすい体質になるための食事療法……」

「はい。女性ホルモンが身体でたくさん作られて、精神的に安定するビタミンが取れるものを食べて、ホルモンが乱れるものは食べないんです。医食同源《いしょくどうげん》ですから、食べものは大事ですよね。なるほどなあって。私は苦労しなかったけど、今はそこまでわかってるんですね」

微妙な表情で睦美の話を聞いていた社長だったが、引っかかりは少し違う方にあった。

「一種のフード・ファディズムね。確かにそういう食事をし続ければ、体質が変わることもあるだろうから、否定はしないけれど」

あまり穏やかでない語感に、妙子は薄暗いものを覚える。

「ファディズムは、一時的な流行を熱心に追いかけるという意味よ。フード・ファディズムは、食べものを『良い』『悪い』に分けて、むやみに信じる考え方のこと。『あれを食べればやせる』とか、『これを食べればガンが治る』っていうのは典型例ね」

昨今のテレビや雑誌に、あふれている話だ。でも、名称があるとは知らなかった。

「医食同源ではあるけれど、食物《しょくもつ》はけっして薬じゃない。時間をかけて身体を作り、生命を維持してくれるもの。ある目的をすぐにかなえてくれる薬じゃないわ。脱水のときに飲むスポーツドリンクや、糖尿病《とうにょうびょう》で低血糖症状を起こしたときに食べるキャンディなどは、薬と同じような効果があると言えるけれど」

睦美は戸惑っているようだ。自分の意見を否定されたと、感じているのかもしれない。

「あの人、同じ妊活でも、なるべく不自然な方法は取りたくないって言ってたからね」

「藁《わら》にもすがりたい気持ちなんやろうな」

安江と妙子はかばうように言った。ここで千晶が悪者になると、睦美の立場がなくなる。

「わかるわ。人工授精は身体が少なからず傷つくし、高額だしね。フード・ファディズムはそういう人の弱みにつけ込んで、忍び寄って来ることが多いのよ。炭水化物を制限するダイエットがあるけれど、あれは糖質《とうしつ》のかわりに脂肪《しぼう》をエネルギー源にして、やせることを期待したものなの。そのときケトン体という酸性《さんせい》物質が身体の中で作られるんだけど、多くなり過ぎると、肺《はい》や腎臓《じんぞう》を痛めてしまうの。糖尿病に似た状態ということね。その方はいつ妊婦になるかわからないけれど、極端な食事で体調を崩さないことを祈るわ」

「あの人、ご飯とかそうめんとか、全然取らないです。それは私も大丈夫なのかなと……。イカにもタコにも、多少の炭水化物は含まれてるからって、言ってましたけど」

睦美の顔が、ますますくもった。

「その通り。だから、すぐに身体の不調は起こらない。いきなり心臓の薬を止めるのとはわけが違う。これが食べもののいいところ。人間には身体の内部環境を一定の状態に保つ恒常性が備わっているから、安心してちょうだい」

嵐皮社長がにっこりと笑うと、こわばっていた睦美の表情が緩んだ。社長も別に、千晶や睦美を責めるつもりはないのだ。親切にも、ひとつの知識を教えてくれたにすぎない。

「フード・ファディズムの信者になりとうても、私は絶対なれへんな」妙子は思わず口を開いた。

「あら、どうして？」待ってましたとばかりに、安江がたずねる。

「食べたいもんがあり過ぎて、法則が守れへんもん」

「あたしも同じものばかり食べられない。バナナダイエットで懲《こ》りちゃった」

実は安江は、フード・ファディズムに陥った経験があるらしい。

「三日で飽《あ》きちゃった。しかもかえって太ったし」

「朝食にバナナを一、二本食べるだけで、昼と夜は普通の食事をするやつですよね？」

不思議そうな睦美に、妙子はかぶせる。

「その程度で、三日で飽きたん？」

「あたし勘違いして、三食バナナにしちゃったの。バナナならいくらでも食べていいと思って、一日にバナナを十五本、食べたのよ」

安江以外の三人がいっせいに吹き出した。安江は肩をそびやかし、ひとり「うんざり」の顔をしている。場の空気が一気に和《なご》んだ。

「飢饉《ききん》とかで餓死《がし》した時代のこと思たら、良い・悪いで食べられるもんを分けるのは、贅《ぜい》沢《たく》な話やで」

「食料が簡単に手に入るようになっちゃって、贅沢病にかかっちゃったのよね」

妙子の嘆息に安江が応えると、睦美が思い出したように言った。

「『子供のころは、ひっつみが食えれば御《おん》の字だった』と、死んだ祖母が言ってました。冬場は飢渇《けがじ》にならないよう、祖母の親は必死に食べものをかき集めていたとも言ってました。干し菜汁《な》に文句言わないで、ちゃんと食べればよかったな……」

干し菜とは大根の葉を乾燥させたもので、青森県の保存食だ。睦美がまだ子供のころは、祖母宅で干し菜汁が出されたらしい。しかし乾燥しきった大根の葉は、よく煮てあってもパサパサしていて、とてもじゃないがのどを通らなかったという。

「祖母が干し菜汁を毎日食べていた意味が、初めてわかった気がします」

睦美が残念そうにつぶやいた。

妙子も遠い昔に思いをはせる。

農作業の合間、摘んだ野イチゴに唇をすぼめ、甘酸っぱさを喜んだものだった。今自分は野イチゴを食べて、おいしいと思えるだろうか。

「良かれと思って、季節外れの野菜を作ったり、一度に大量の農作物を作れる技術を発達させたけど、人間、それで幸せなのかってことよね」

「できるから言うて、なんでもやったらええ、ちゅうもんちゃうな」

安江と妙子、睦美がうなずき合う。これは食だけでなく、なんにでも通ずることだ。

「科学の発展で詳しいことが明らかになったから、ついその指標《しひょう》を用いてしまう。フード・ファディズムは起こるべくして、起こったのかもしれないわね」

反省するように社長が言った。安江が自分を戒《いまし》めるように、話に応じた。

「あたしたち、飲食業に従事する者は、そういうことも意識して仕事しなきゃね」

本当にその通りだ。秀一は大根の切れ端も生かすことにこだわった。その行いの尊《とうと》さを、日々の生活に追われるうち、忘れそうになっていた。

「どうせ食べるんなら、おいしい方がいいと思ってしまうのも、いけないのよねえ」

安江が思いついたように言う。

「大脳新皮質《だいのうしんひしつ》が発達した人間は、生きるためだけの食事に、満足できなくなったからね」

社長は解説する。

「『食はエンターテインメント』と言いますけれど、楽しむだけじゃなくて、感謝を忘れてはいけないですよね」

「あら、耳が痛い。うちの店が、『おいしくなければ、料理じゃない』ってコンセプトでやっていること、睦美さんに見抜かれちゃった」

社長が耳をふさぐマネをすると、四人はいっせいに笑い声をあげた。

ひとしきり笑い終えると、嵐皮社長は急に居住まいを正して頭を下げた。

「どうもありがとう、睦美さん。貴重な話題を提供してくれて」

睦美はドギマギしながら、頭をテーブルにこすりつけるように応じている。彼女は今日、ずいぶんと勇気づけられたことだろう。

三人は玄関まで社長を見送った。

あいさつを終えると、妙子はつっかけを履き、おもてまで社長について行こうとした。妙子に倣《なら》おうとした睦美を、さりげなく安江が引き留める。

「睦美さん、洗いもの、やっちゃいましょう」

ふたりきりで外に出ると、たずねるまでもなく、社長はくるりと振り向いた。

「とても元気に仕事をしているようよ。以前よりも腰が低くなって、『一から勉強しなおしたい』と言ったらしいわ。元々真面目で寡黙《かもく》な人だったけど、今は周りに声をかけて、笑うこともあるみたい。しかも仕事が終わってから、鮮魚店《せんぎょてん》の手伝いもしてるんですって」

秀一の近況に、妙子は驚く。あの人が人前で歯を見せている姿を想像するのは、正直難しい。しかしそれだけ前向きと、考えた方がいいのだろう。

「ちょっと元気過ぎるのが気になると、店長はおっしゃってたけどね」
元の秀一を知っていればこそ、感じられることだろう。その気がかりが、杞憂《きゆう》に終われ
ばいいのだが。
「ともかく秀一さんは元気だから、安心してね」
風が冷たくなってきた。冬の空気はお月さまよりも早く、夜を連れてくる。
嵐皮社長のうしろ姿を見送りながら、妙子は秀一が無理をしないよう、願わずにはいら
れなかった。

＊　＊　＊

「あの人、今日も来たわよ」
その日の夜の部、七時過ぎ。彼女は再びやって来た。一、二歳くらいの男児を連れた、
スマホに夢中の若い母親である。
「豚カツ一、せんべい汁一！」
若い母親は、豚カツ定食を注文した。東京近江寮食堂の定番メニューは、豚カツ定食と
近江牛の味噌漬け定食、焼き鯖煮定食（焼き鯖そうめんのアタマの流用）だ。オプション

メニューの定番は、焼き鯖そうめんと生卵である。

またあの人は豚カツかと思いながら、妙子は光成《みつなり》の注文を作り終えた。光成は、取り壊し前の東京近江寮に実質暮らしていた、アラフォー独身の大男だ。

「はい、天ぷら定食とイガメンチ、これ光成君に持ってって」

「あら、イガメンチ、二個サービス？　しかもご飯、多過ぎ」

「作ってもうたポスター、役に立ったやんか」

かつて映像作家を目指し、ビデオショップで働いていた光成は、現在老人ホームで介護ヘルパーをやっている。不器用な男ゆえ、大人数の介護に戸惑うことも多いだろうが、なんとか続いている。今日も仕事の帰りだ。さぞかし腹が減っているだろう。求人ポスター作製の礼の意味もあったが、大いに空腹を満たしてほしいと、妙子は考えた。

「それより、あの若いママ、……やっぱり、これ？」

妙子が人差し指で、スマホ画面をスワイプする仕草をしてみせると、安江は渋い顔でうなずいた。やはりあの母親は、子供そっちのけでスマホに夢中らしい。あまり堅苦しいことは言いたくないが、もし子供が他の客に迷惑をかけそうになったら、今度こそ注意するわと、安江は鼻息を荒くした。

先日の客たちは、歩き回る男の子に手を伸ばされても、うまくかわしてくれたが、今日はどうだろう。東京近江寮食堂では、今まで客同士のトラブルらしいトラブルはなかったが……。妙子は厨房で、つい身構えてしまう。

そして、妙子が心配していたことが、ついに起こった。

安江は客が畳にこぼした味噌汁の掃除の最中、睦美も小鉢の追加準備や、イガメンチの調理で忙しかった。ハヤシライス定食を載せたトレイを抱え、妙子がのれんをめくると、あの幼子《おさなご》がひとり、玄関側の客間をフラフラしていた。

ガタイのいい中年男性のトレイに、幼子は小さな手を伸ばした。スマホをいじりながら食事を取っていた男性は、やっと幼子に気づく。

妙子はトレイを持ったまま、母親に「もしもし、子供さんが」と声をかけた。ちょうど客間に出て来た睦美が駆け寄り、幼子の両脇を抱えたが、一歩遅かった。

幼子の小さな右手は、焼き鯖そうめん・味噌味の鯖を見事に捕らえた。

「おいこら！　なにすんだ！」

振り向き、慌てて子供を迎えに走った母親は、野太い声にビクビクしながら「すみません」と、何度も頭を下げた。男性は憤然《ふんぜん》としており、母親とは目を合わさない。幼子はきょとんとして、煮汁で汚れた手を身体ごと宙《ちゅう》に浮かせている。

妙子はトレイを配膳《はいぜん》し終えると、速足でそちらへ向かった。

「すんませんねえ。作り直しますから、勘弁《かんべん》してやってください」

オロオロしていた母親は、すがるような目を妙子に向けた。

「あんまりおいしそうに食べてらしたので、つい手が出たのかもしれません」

座卓の上に転がった鯖をつまんだ睦美が、申し訳なさそうに言うと、男性の眉間《みけん》のしわが浅くなった。嵐皮社長の激励《げきれい》のおかげか、睦美の口調は今までと違い、堂々としている。

「お召しもの、大丈夫でしたかしら？」

安江がおしぼりを運んで来た。幸いスーツに煮汁は飛ばなかったようだ。男性は「鯖だけくれりゃいいよ」とおしぼりを受け取り、一応上着を拭いて見せた。

「そうですか？　ありがとうございます。承知しました」

「おやさしい方で、本当によかったわ」

妙子と安江が口々に言ってやると、母親は「すみません」を、今度は妙子らに向かって繰り返した。公共マナー無視の非常識ママかと思ったが、そうでもないようだ。

「さあ、お手てを、きれいにしましょうねー」

睦美が幼子の手を引いて洗面所へ向かうと、母親はあとをついて行った。この騒動に集中していた客らの視線は一気に散り、中年男性も食事を再開する。じっと身を固くしているようだった光成も、ホッとしたように食べ始めた。最初から期待はしていなかったが、こういうとき、イマイチ頼りにならないのが光成である。

と、胸をなで下ろした妙子と安江は、千晶がひとり、廊下に立っているのに気がついた。どうやら今の出来事を、黙って眺めていたようだ。

「いらっしゃいませ」

「こんばんは。イガメンチとブリ大根定食をライス抜きでください。あとビールを一本」

たまたまなのか、わざとなのか。千晶は母子の席の向かいに着いた。本人たちは、まだ洗面所から戻って来ない。

「ビール？　飲んでええの？」

「ええ。今日は特別」

千晶は普段、アルコールを口にしない。体質改善のためだが、悲しいことに懐妊に至らなかったときは、自棄《やけ》になって飲んでしまうこともあると聞いていた。妙子と安江は残念な気持ちで、厨房へ入る。

気を取り直し、先に厨房に戻っていた睦美に、妙子は小さく声をかけた。

「睦美さん、さっきはなかなかええ感じで、あの男の人に言えてたやんか」

「え、そうですか？」

「言えてた、言えてた。うまーく、クマ男から子供をかばえてたわよ」

同じく小声の安江に、睦美は頬を赤くしつつ、プッと吹き出す。

「ときどき来てくれる人やけど、クマみたいに大きいし、秘かにクマ男て呼んでんねん」

「一回、小鉢のお浸しの盛りに文句言われたの。ちくわが見えてるか、隠れてるかの違いだったんだけど。身体と真逆に、心はネズミ並みだから、ヒヤヒヤしちゃった」

おばちゃんふたりの称賛《しょうさん》に、睦美はまんざらでもなさそうだ。これでまた、仕事のモチベーションが上がってくれれば、言うことなし。これからは仕入れの自腹を切る前に相談することも、承諾が得られた。いい意味で遠慮がなくなれば、睦美も働きやすくなるだろう。

そして八時前。閉店時間が近づき、厨房で作業中の妙子と睦美を、安江がのれんの間から呼びつけた。

「ねえねえ、さっきのお礼を言いたいんだって。ちょっと来てくれない？」

おそらくあの母親だろう。妙子らが客間に出てみると、母親が座卓の横に立ち、頭を下げてきた。客間には千晶と母子以外、客は残っていない。

「今日は本当に、ご迷惑をおかけしてすみませんでした」

「いえいえ、あんまり怒られへんで、よかったですね」

「ちゃんと子供の面倒を看《み》ないとダメだって、先輩ママに叱られちゃったのよね」

安江が千晶の方を見ながら、言い添えた。千晶は幼子を自分の横で遊ばせている。なんと千晶は、さっきの出来事について母親と話したようだ。

「叱ってなんかいませんよ。気がついたことをお話しさせてもらっただけ」

「いえ、いろいろ教えてもらって……。こういう部屋で落ち着くと、つい目を離しちゃって……。これからは気をつけます」

母親は恐縮しながら、また頭を下げる。千晶はすましているが、おそらく多少なりとも、お説教をしたのだろう。

「あの、鯖の代金、払います。込みでお会計してください」

「そんなのいらないわよ。大丈夫だから」

「そうそう。ええから、気にせんといて」

安江と妙子は左右に手を振るが、母親は引き下がっていいのかすら、わからない様子だ。

「また食べに来てくれた方がいいって意味よ。甘えておいたら？」

千晶がささやくように言うと、睦美がうんうんとうなずいた。母親はやっと気づき、申し訳なさそうな笑みを浮かべる。若い見た目の通り、社会経験もあまりないらしい。

「ありがとうございます。また来ます。この子も食べられるようになってほしいし」

聞けば、一歳六か月の息子・陸《りく》は偏食《へんしょく》が激しく、甘いお菓子ばかり食べ、魚や野菜を食べないらしい。

「野菜を食べないのは、なんとかしたいわよね。さっきもハムしか食べてなかったし。ブロッコリーもみずもトマトも、全然ダメだったし」

千晶は短時の間に、いろいろ聞き出したようだ。先日から母親の様子が気になっていたのだろう。

「私、あんまり料理が得意じゃないし、つい自分の好きなハムとかソーセージばっかり用意しちゃうので、子供のために良くないって思って……。こういう店に来れば、うちで食べないものも、食べるんじゃないかって思ったんです」

「母親なら、子供の偏食を直したいわよね」

千晶は言いながら、陸の頭をやさしく撫でた。陸はおとなしく、持参したカエルのビニール人形を両手でつかみ、あむあむと舐《な》めている。

千晶の表情は、さっきよりも柔らかい。多少アルコールが入ったせいもあろうが、子供と触れ合い、気持ちが和んだのかもしれない。

「工夫しないと、子供はわかりやすい味しか食べないからね。味覚《みかく》の発達を考えると、日本古来《こらい》のだしの味や、魚や野菜そのものの味を憶えさせることは大切なこと。将来、子供を困らせないためにも」

「はい。私もそう思います」

「この人、同い年の友だちはまだ結婚もしてなくて、子育ての苦労を分かち合えないんですって。だから私、こういう場所に来たのは正解だと話したんです。大勢でワイワイ楽しく食べることは、いいことですからね。仕事もされてなくて、ご主人は帰宅が遅くて頼れない。そんな状況で毎日子供とふたりっきり。しかも子供が食べないときたら、追い詰められてしまうのも無理ないわ」

千晶に気持ちを代弁されているかのように、母親は視線を卓上に落としている。

どうやらこの母親は、育児に疲れているようだ。子供を食堂に連れて来るとホッとして、面倒を看るところまで、気が回らなくなるのかもしれない。

「平日のお昼は、小っちゃな子供を連れたママさんたちが来てますよ。二十代くらいの若いお母さんもいます。お話しされたらどうですか？　是非《ぜひ》、ランチにも来てください」

睦美が口をはさむと、母親はぎこちなく微笑んだ。なんとなく不器用な感じもする。ママ友を作るのが、苦手なのかもしれない。

「では、話がまとまったところで、お会計をさせていただいて、よろしいでしょうか？」

「いけない！　私、大河《たいが》をすっかり待たせちゃってる！」

安江が声をかけると、千晶は息子の名を口にし、立ち上がった。

東京近江寮食堂の三人は、小走りで出て行く千晶と、ゆっくりと歩いて行く若い母親・富口絵美里《とみぐちえみり》、そして陸とを、玄関先まで見送りに出た。

「ごちそうさまでした」

「ありがとうございました」

冷たい夜気《やき》に、妙子はひとつ身震いした。見上げた夜空には、白く輝く丸い月が浮かんでいる。

「今夜は満月だっけ？」

安江がつぶやいた。

「知らん。でも満月やと思とこ。その方が、ええことありそうやし」

妙子が白い息を吐きながら応える。

「そうですね。うん、きっと満月です」

睦美の言葉は蒸気機関車の煙のように、勢いよく揚がった。そして月の周りに散らばる薄雲と一緒になり、やがて消えた。

4

木曜日の昼の部。早めの時間に、絵美里は陸を連れてやって来た。

「いらっしゃいませ」

火曜、水曜と来店しなかった母子を気にしていた睦美は、いそいそと注文を取りに行った。「来るも来ないも、お客の自由」とうそぶいていた安江も、ホッとしているようだ。

「焼きホッケにしますって」

睦美が厨房に戻って来て告げた。今日の日替わり定食は、肉系が蓮根《れんこん》のはさみ揚げ、魚系が焼きホッケ、中華系が麻婆《マーボー》豆腐である。いつも豚カツ定食を注文する絵美里だったが、驚いたことに、今日は陸が絶対苦手だろう魚を、メインに持ってきた。

「いきなりホッケて、大丈夫かいな」

「そうですよね……。私、小鉢はなにがいいか、聞いてきます」

睦美は客間にとんで行く。

本日の小鉢は五種類だ。マカロニサラダ、ほうれん草の胡麻和え、ベビーホタテとかぶのクリーム煮、鶏もも肉とこんにゃくとにんじんのうま煮、春雨《はるさめ》の中華風酢のものである。

いつもは適当に三種類を選んでトレイに載せるが、少しでも陸が食べられるものを選んだ方がいいと、睦美は絵美里の意向を確認しに行ったのだ。千晶には配慮不要の姿勢でのぞむ妙子らも、幼い子供には少々甘くなる。

絵美里に食事を提供すると、食堂はにわかに混んできた。子連れのママ友三人と作業員風の五人組が、同時に入って来たのだ。絵美里にかまっていられなくなった。

妙子は順番に注文をさばいていく。睦美は調理補助と客間と半々で動く。安江は客間と会計に専念する。三人はいいチームワークで動けるようになってきた。

その麻婆豆腐定食とイガメンチができあがったとき、安江と睦美は客間におり、なかなか戻って来なかった。料理が冷める前にと、妙子はトレイを携《たずさ》えて客間に出た。見れば、睦美が食事中の絵美里になにやら話しかけていた。配膳し終えた妙子は、それとなくそちらに近づいてみる。

チラリと聞こえたところによると、絵美里にママ友グループを紹介しようと、睦美は水を向けているのだった。三人のママはそれぞれひとりずつ子供を連れ、そのうちふたりは、陸と同じくらいの年格好だ。

「とても、いい方たちですよ」

「この子、今朝ちょっと、洟《はな》が出てて……。風邪を感染《うつ》すといけないし……」

陸にマカロニサラダのハムを食べさせながら、絵美里は小さく首を振った。彼女の選んだ小鉢は、マカロニサラダ、ほうれん草の胡麻和え、ベビーホタテとかぶのクリーム煮だ。陸のために準備したプラスティック製の汁椀には、ホッケのほか、それらが少しずつ入っている。

「風邪気味なのね。ではまた他の日にしましょう。りっくん、お大事にね」

無理強《むりじ》いはできないと思ったらしく、睦美は素直に引き下がった。

「りっくん、やっぱりハムしか食べないみたいです」

妙子のあとから厨房に戻って来た睦美は、下げた食器をシンクに置きながら報告した。

「ホタテやのうて、せめて鶏にしたらよかったのに」

懸念《けねん》を持ちつつ、妙子は相槌《あいづち》を打つ。

「家で食べるのは、ハムとソーセージだけ。主食は甘いお菓子だと言ってました。味噌汁の上澄《うわず》みも飲まないそうです。偏食が極端だから、母親失格と言われている気になるらしいです」

トレイを拭きながら、睦美は続ける。

「子供なんてそんなもの、大きくなれば味覚も変わって、食べるようになるって話したら、ちょっと安心してましたけど」

「そらよかった」

陸の偏食を直すため、躍起《やっき》なのではと心配したが、杞憂だったようだ。考えてみれば、睦美はふたりの子育て経験があるのだ。性格的にも、そんなに極端な働きかけはしないだろう。嵐皮社長に背中を押されて暴走しないかと、つい心配してしまった。

妙子はお茶のポットを交換しようと、客間に出た。

陸は持参したおもちゃで遊んでいる。絵美里は……またスマホをいじっている。

ふーむ、と妙子は思いつつ、各卓上にある、銀のポットの重さを確かめながら歩いた。

突然陸が、ママ友グループの方へ歩き出した。絵美里はまったく、気づく気配がない。

「こんにちは」

ママたちに迎えられた陸は、彼女らの子供たちに近づいた。

「あらあら、叩《たた》いちゃダメよー」

見れば、陸は自分より大きな男児の頭を叩いていた。その子はうっとうしそうに顔をしかめ、男児のママは、慌てて我が子を自分の元へと引き寄せた。

「ぶたないで、ぶたないで」

「ダメよ、痛いからねー」

泣き出した男児を追いかけるように、しつこく叩き続ける陸を、他のママも止めに入った。

「すみません！」

やっと絵美里がママ友グループの席まで駆けて行った。そして陸を抱きかかえ、平謝《ひらあやま》りして自分の席に戻った。絵美里は陸になにかを言い含め、思い出したように、ホッケやほうれん草を口元に持って行くが、陸は顔をそむけるばかりだ。

男児はまだ泣いている。

妙子はどこか不穏なものを感じつつ、厨房に引っ込んだ。

「キャ、また⁉　ダメダメ！　もう叩かないで！」

しばらくすると、また厨房にも届くくらいの女性の声がした。

おそらく陸だ。妙子は手を動かしながら耳を澄ます。複数の女性が、口々になにか言う様子が伝わってくる。

安江が厨房に戻って来た。

「また、りっくんか？」

安江は盛大にしかめた顔を妙子に向けてうなずいた。陸はさっきと同じことをしたらしい。絵美里が陸をほったらかし、またもやスマホをのぞいていたからだ。

今度ばかりは、安江も仲介しようと近寄ったが、謝罪を繰り返す絵美里に、「大丈夫みたい。ほら」「なにが気に入らなかったのかな」と、大人なママたちはフォローしてくれたらしい。なのに絵美里はママたちと話そうとせず、陸を引きずって席に戻った。そして急に陸を固く抱きしめ、放さなかったので、ママたちは困惑《こんわく》していたという。

「それにしても乱暴な子やな。人のこと、あんなに叩くの？　あの年ごろの子供は」

「自分の思い通りにならないと、叩く子もいます。おもちゃがほしいときとか」

睦美がひそひそ話に加わってきた。

「でも、りっくんは、急に子供をぶちに行ったのよね」

「その子が持ってたおもちゃが、ほしかったんかな？」

「そのあと、別の子が持ってたおもちゃの方に、行こうとしてましたけど……」

睦美はかばうが、幼児のことゆえ、真相は不明だ。

「おもちゃはいいんだけど……。あのね、あたしが気になったのはね」

安江がふたりの顔を順に見た。

「……りっくんが『ママ、ママ』って言いながら、叩いてたことよ」

「ママて、言いながら叩いてたん？」

「本当ですか？」

「本当よ。あたし、すぐにそっちへ行ったでしょ？　だから聞こえたの」

「私、離れてて、聞こえませんでした」

「……ほんまは、お母さんを叩きたかった、てこと？」

三人はかち合った目を即座《そくざ》に泳がせた。かまってくれない母親への不満を、まだ言葉で十分に表せない陸は、他の子をぶつことで解消しているというのか。

いや、まさか。あのくらいの子供なら、ストレートに母親本人を叩くはず。と、言い切れないところがなんともつらい。三人は再び顔を見合わせ、眉根を寄せた。


午後一時になると、ママ友たちも帰ってしまった。客間では男性のひとり客ばかりが三人、静かに昼食を取っている。

スマホを置いて、陸と格闘していた絵美里だったが、ようやくあきらめ、子供に上着を着せ始めた。安江が「あまり無理強いするのも」と声をかけたのに、どうにか食べさせようと、ムキになっていたのだ。

なんだか残念なことになってしまった。

今後、あのママ友たちと絵美里が交流するのは難しいだろう。自宅でも、絵美里はスマホばかり見ているのかもしれない。陸のためにもなんとかしてやりたいが、いい案は浮かばない。それに絵美里は、今日の出来事を気にして、もう食堂に来ないかもしれない。

妙子がそう思ったとき――。

「ちょっと待って。デザートがあります」

絵美里が会計を頼みに来ると、睦美は板の間の方にとんで行った。

デザート？　今日は気の利いたフルーツもないけれど。妙子と安江は首をひねる。のれんのすき間から見える絵美里は、財布を手にして突っ立っている。

大きな紙袋を手に厨房に戻った睦美は、南部せんべいを取り出し、なにやらこしらえ始めた。せんべいは板の間の戸棚に、私物と一緒に置かれていたらしい。

「飴《あめ》せんです。よかったら、食べてみてください」

睦美はまず、できあがったお菓子を妙子と安江に手渡した。そしてそのお菓子――黒ゴマの練《ね》りこまれた南部せんべいの裏に水飴を塗り、もう一枚とではさんだもの――を、いくつも作って皿の上に並べてゆく。

「なるほど、飴せん、ね」

「本当は『津軽飴』をはさむのですが、ベタベタして歯にくっつくから、水飴にしました」

おばちゃんふたりは好奇心いっぱいに、飴せんをバリッとかみ砕《くだ》いた。

「……うん！」

妙子と安江は顔を見合わせ、大きくうなずく。硬いので咀嚼《そしやく》するのに時間がかかるが、味はわかった。モグモグとやりながら、「早く持って行け」と身振り手振りで、睦美を急《せ》かす。

睦美のあとに妙子と安江が続き、絵美里に「早く食べろ」と、ジェスチャーで勧める。おばちゃんたちの勢いに気圧《けお》されたように、絵美里は飴せんを手に取った。

「……おいしい」

遠慮がちにかじっていた絵美里だが、飴せんを飲み込むや、目を輝かせた。睦美はにっこりして、ひとり客たちにも飴せんをサービスして回った。

睦美は飴せんの耳を小さく割り、陸の口元に持っていった。一瞬絵美里が、なにか言いたげに小さく口を開ける。またお菓子が食事になる。そう思ったのかもしれない。

「大丈夫。子供は自分に必要なものを食べているから」

素直に飴つきせんべいのかけらを口に入れた陸は、よだれで濡れた唇の奥にせんべいを納めた。うまそうに口を動かし、座卓に沿ってトコトコと歩き出す。そして卓の端にたどり着くと、パシパシと卓の上を叩き、また戻って来て口を開けた。

「そや。身体を大きいするのに、糖分が必要やて、わかってるんやで」

口々に言うおばちゃんふたりに、絵美里は驚いている。睦美は陸に飴せんのかけらを食べさせながら、語り出した。

「私の母は子供のころ、南部せんべいにお赤飯《せきはん》をはさんで食べていたそうです」

「お赤飯⁉」

「青森のお赤飯は甘いので、餅菓子をはさむ感覚かなと思います。私はやったことないですけど」

変わった食べ方、そして赤飯が甘いという事実に軽く目を剝く。彼《か》の地は寒く、砂糖でカロリーアップさせたのではとのことだが、理由は不明らしい。

「畑仕事のとき、朝作って持って行くと、昼にはせんべいが湿気《しけ》て軟らかくなって、おいしかったって聞きました。おむすびをはさむこともあったみたいです」

「海苔《のり》の代わりっちゅうことか」

「ひとつ食べれば、十分お腹が満たされそう」

「私は八戸出身なので『南部せんべい』と言いますが、青森や弘前では『津軽せんべい』と呼ばれます。津軽ではせんべい汁はあまり食べませんが、飴せんは食べます。津軽飴を使ってるからでしょうか」

またもや津軽と南部か。全国的に有名なせんべいを、どちらも自分の土地の名で呼びたい気持ちはわからなくもないけれど。

ところで南部せんべいの起源だが、南北朝時代に長慶《ちようけい》天皇のために作られたという説が一般的だ。だがこれにも諸説あり、八戸南部氏が作った説や、あろうことかイエス・キリストが作ったなどという、トンデモ説まであるらしい。

「どう考えても、キリストさんは無理があるやろ」

妙子の意見に、絵美里もうなずく。帰ることは、すっかり忘れてしまったようだ。

ひとり客たちが「飴せん、ごちそうさま」と口々に言い、会計をして帰って行った。男性陣も気に入ってくれたようだ。睦美は釣銭とともに、とびきりの笑顔を返している。

戻って来た睦美は、話の続きを始めた。

「でも青森県とキリスト教は縁が深くて、八戸よりもう少し内陸寄り、戸来《へらい》というところに、キリストとその弟のお墓があるんですよ」

「んな、あほな」

「盛り土《もつち》がされて、十字架《じゆうじか》も立ってます。きょうだい並んで埋葬されてます」

「弟も？　真面目に？」

「戸来という名前も、『ヘブライ』がなまった、なんて言われてます」

話の発端は昭和初期に、ある人物が言った話の記録らしい。ヘブライ人・ヘブライ語といった、イエス・キリストと縁の深い言葉は、青森の地名に関連しているというその内容を、観光のために地元が利用したらしいのだ。

「実際キリスト祭も開かれてて、駐日イスラエル大使《たいし》が出席したこともあるんですよ。神主さまがお祓《はら》いしたり、村の人が盆踊りみたいに踊ったりします」

「変わってるわねえ」

「神も仏もあるものかって、ほんまはそういうことなのかもしれんな」

「要するに、困ったときに頼りになれば、なんでもいいのよ」

飴せん片手に、四人の女が大笑いをする。絵美里の横でモグモグやっていた陸は、屈伸《くっしん》運動でもするようにして、手をぱちぱちと叩き出した。

「あら、りっくんもそう思う？」

安江が陸のおでこに、そっと触れた。陸は細い髪をなでつけられ、気持ちよさそうだ。

どうせなら、人を叩かず、手を叩こう。陸がそう感じていたら、いいのだけれど。

じっと陸を見つめていた絵美里が、つぶやいた。

「この子がこんなにたくさんの人と楽しく過ごしたのは、初めてかも……」

たくさんの人――。母子を除《のぞ》けば、たかだか三人である。

「絵美里ちゃん、立ち入ったことを聞いちゃうけど、陸くんのジジババとは離れてるの？

「実家は遠い?」

「実家は前橋《まえばし》です。母はもういません。父にはちょっと……」

安江の質問に、絵美里は言いづらそうに応えた。どうも実家には、事情があるらしい。

「ご主人の方は?」

消え入りそうな笑顔で目を伏せた絵美里に、そっちもワケありかと、三人は口をつぐむ。

絵美里は本当に孤独《こどく》な環境で、子育てをしているようだ。

「よし、おばちゃんが、陸くんのおばあちゃんになったろ」

思わず妙子は口走った。子育て経験はないが、孤独だけは知っている。秀一が失踪《しっそう》したのを誰にも相談できなかった妙子は、絵美里の境遇に少なからず同情していた。

「あら、妙子さんは、おじいちゃんよ。あたしが、おばあちゃんになるから」

すぐに安江が乗ってくれた。この人はこう見えて勘がよく、デリカシーもあるのだ。

「じゃあ私は、おばさんになろうかな。本当はもう、おばあちゃんだけど」

睦美も負けじと、参戦してくる。

「え? 睦美さん、そんなに若いのに、もうおばあちゃんやの?」

「はい。孫がいますから」

聞けば、二十五歳になる睦美の娘には、もう一歳八か月の子供がいるらしい。

「人は見かけによらないものねえ」

考えてみれば、ちっともおかしくはない。だが、近年の晩婚化・晩産化に慣れた頭には、衝撃的だ。睦美が実年齢より若見えすることもあるだろうが。

そんなこんなで、四人は飴せんを食べ終えた。

「なんだか、本当の親戚と一緒に過ごしたようでした」

帰り際、ぽつりと言った絵美里に、三人は安堵《あんど》した。ママ友を作ってやることはできなかったが、絵美里の孤独が少しでも癒されたなら本望《ほんもう》である。

「これに懲りずに、また来てちょうだいね」

「ほんま、また来てや」

「……ほんとに来てもいいんですか？」

飴せんが絵美里の心をやさしくはさんで、いや、包んでくれたようだ。今回睦美は、いい仕事をしてくれた。こんな自腹サービスなら、大歓迎だ。

「当たり前じゃない。またばあばに、会いに来てちょうだい」

「じいじも、毎日待ってるで」

「おばちゃんもね」

三人が玄関で手を振ると、紅葉《もみじ》のような手をひらひらさせ、陸は母親と帰って行った。

「だけど絵美里さん、ひとりで本当に大変よねえ。うちはおばあちゃんがいたから、よかったけど」

厨房に戻った安江は、あらためて嘆息する。

「うちも年子《としご》だったので、上の子をばっちゃに看てもらえて、正直助かりました」

三人分の小鉢を作業台に配しながら、睦美がつぶやいた。

「ばっちゃ？　あれ、昔はお姑さんと一緒に住んでたん？」

「あ、……ええ、そうです。昔、昔は同居だったんです」

睦美は急に真顔になり、作業台に背を向け、茶碗にご飯をよそい始めた。

「あら、睦美さんも、お姑さんと同居してたの。もう亡くなられたの？」

「あの……いえ、主人の妹に引き取られたんです」

「あら、そうなの。……なあに？　もしかして、折り合いがよくなかった？」

訳知り顔で安江がたずねると、睦美は手を胸の前に合わせて、小さくうなずいた。

「そうお。うちのおばあちゃんは、付き合いやすかったけど、だいたいのお宅は、そうじゃないものねえ」

「ヨシ子さんはしっかりしてはったし、含蓄《がんちく》あることを言うてくれはったしな」

安江の亡き姑を思い出し、妙子はうなずく。

睦美はどこか居心地悪そうにしながら、料理の皿を並べている。よほどのバトルがあったと見える。これ以上、姑のことをたずねない方がいいだろう。

さて昼食、とばかりに席に着いた妙子だったが、突如《とつじょ》思い出した。確か睦美の夫の妹は長男に嫁ぎ、旦那の両親と暮らしていると言っていたような……。

「あー、お腹空いちゃった。食べましょ、食べましょ。いただきまーす」

義理の両親がいる家に、実母を引き取った……？　そんな妙子の疑念は、安江の元気な声と麻婆豆腐のにおいに、たちまちかき消されてしまった。

＊　＊　＊

千晶と佐奈と慎二の三人が、しばらくぶりに顔を合わせた。夜の部の七時ごろから、いつもの床の間の前で、なにやら真剣に話し込んでいる。

最初は佐奈の話に、千晶と慎二が耳を傾けていたが、途中からは千晶が怒ったようにまくしたてるのを、佐奈がなだめ、たまに慎二が口をはさむといった構図になった。最後は千晶の話に、佐奈が耳を傾け……いや、千晶に説教をされているような感じだ。

気になり、のれんの奥から顔を出す度、妙子は聞き耳を立ててしまう。安江らも常連の動向は気になるらしく、様子をチラチラとうかがっているのがわかる。

「どうかしたの？」

難しい顔で腕を組んでいる千晶に、とうとう安江が声をかけた。客が途切れたのをいいことに、妙子もポットを手に、客間へと歩み出る。睦美も静かに、そばに寄って来る。

「絶対に許せない」

「ホント、大丈夫です。私も実は、そこまでは気にしてないし」

憤然としている千晶に、取ってつけたような笑顔を、佐奈は向けた。

「さっき、『チョー、ムカつく』って言ったじゃない」

慎二の冷静な突っ込みに、佐奈は慌てたように「ちょっとエキサイトしちゃっただけ。愚痴ったらスッキリしました」と取り繕《つくろ》った。

「あのねえ、佐奈ちゃん。さっきから言ってるけど、それは立派なセクハラなの。明日、絶対に会社の相談窓口に行きなさい。そういうバカは、即刻《そっこく》処分されるべき！」

千晶は言い放ち、お茶をひと息に飲み干した。思わず妙子は、その湯のみにお茶を注《つ》ぎ足す。彼女らの話題は、佐奈が勤務先で遭っているセクシャル・ハラスメントだった。

佐奈は都内の住宅設備機器メーカーに勤めている。上司である男性課長（五十歳）はなにかにつけて佐奈に近づき、肩や背中を触ったり、身振り手振りを大きくして、胸や腰に手をぶつけてくるのだという。最近は「彼氏がいないと、寂しいでしょ」的なことも言うらしい。

「昭和だよなあ。プライベートな話を振って、女子と距離を縮めようとするヤツ」

さげすむように、慎二はつぶやく。たぶん慎二は縮めようとしなくても、女子の方から距離を縮めてくるのだろう。

「手が胸に当たるのも、極《ご》たまに、なんですよ」

「だからね、わざとやってるって。そいつ」

同性だからわかるとばかりに、慎二は断言する。

「そうよ。新年会で太腿《ふともも》をベタベタ撫でられたんでしょう？　あー気持ち悪っ」

顔をゆがめる千晶に、佐奈は苦笑いで、「隣に座った私も悪いんです」と上司をかばう。

なにかの被害を第三者に打ち明け、その人が自分より怒り、引いてしまったというのは、よくあることだけれど。

「そういうヤツってわかってんのに、なんで隣に座るのよ？」

慎二が不思議そうに、たずねた。

「うーん、なんでだろ……」

「もしかして佐奈ちゃん、そいつのこと、好きなの？」

「まさか！　妻子《さいし》持ちだし、ハゲてるし、口臭《こうしゅう》すごいし、ぜんっぜん、タイプじゃないです」

千晶の質問に、佐奈はきっぱりと応えた。

「そいつ、モテないだろうなあ」

「はい。課長の奥さんは、奇特《きとく》な方だと思います」

若者特有の話題だなあと、食堂のおばちゃん三人は、卓球のピンポン玉を追うように目線を動かし、若人《わこうど》たちのやり取りに聞き入っている。

「だったら、隣に座りませんと、きっぱりと断りなさい」

「断ろうと思うんですけど、『こっちへおいでよ』って言われると、いい返事しちゃうっていうか、行かなきゃダメって気になるっていうか……」

「はあ？　佐奈ちゃん、ちょっと変よ、それ」

千晶はすっかりあきれている。ニヤついたハゲオヤジが座布団の上で手招きしている姿を想像し、妙子は思わず身震いする。

「私って、やっぱり変ですよね……」

佐奈はようやく自覚したらしい。おばちゃんたちの表情を見て、認めざるをえなくなったのだろう。

「上司だから、あまりことを荒立てたくないんでしょう？」

落ち着きを取り戻した声で、千晶がたずねた。

「やっぱり毎日話さなきゃいけないし、仕事のノウハウを教えてもらった恩もあるし、よく思われたいのもあります」

「レイプの八十パーセント以上は、顔見知りの犯行なの。こいつは自分の言うことを聞く、支配できると思われたら、最後はそういう被害に遭うことも考えられるのよ」

レイプなどと恐ろしい単語を持ち出され、佐奈の身体に緊張が走ったのがわかった。千晶の言うことはもっともだが、しかしそこに至るのは、ほんのひと握りではないのか。

「じゃあ、こうするのはどう？　身体に触れたり、触れるかもしれない行動は止めてほしい、セクシャルな言動も慎《つつし》んでほしいと、本人に言葉で伝える。止めないなら、会社に相談すると、本人に警告する。あくまで冷静に、事務的に。感情は出さないでね。感情を見せると、相手も感情的な反応をしやすくなるし、真面目に受け取ってもらえない場合が多い。それで解決すれば、本人に対する会社の評価も変わらないでしょう？」

さっきまで会社をクビにしてやれくらいの勢いだった千晶だが、背筋を伸ばした佐奈に、現実的な提案をし始めた。

「真面目に言っても、はぐらかされそう……。会社の相談窓口、ちゃんとやってくれるのかなあ」

それでも佐奈は首をひねる。やはりまだ、ためらわれるようだ。

若かりしころの妙子も、勤務先の産婦人科医院の調理師から、卑猥《ひわい》な言葉をかけられたことがあった。そいつは猥談《わいだん》好きで、下ネタばかり言う男だった。看護助手仲間はみんなうら若く、顔を赤くして黙っていたが、ひとりだけ四十手前くらいの女性がいて、うまくあしらっていた。そして女だけになると、「ああいう話もうまくかわせるのが、大人の女っちゅうもんや」とうそぶいた。結局現在に至るまで、妙子はうまくかわせるようにはならなかったが、ずっと『大人の女』神話を信じてきた。つまりは、『がまんして、セクハラを気にしていないフリをし、場合によっては話を合わせるのが大人の女』という神話である。佐奈もそれを信じて、これまでやってきたのではないだろうか。

「最初からあきらめてどうするの。まずは勇気を出すのよ。あなただけの問題じゃない。その勇気が会社の女性全員、ひいては社会全体が変わる一歩になるんだから」

「そうですね……。それはわかってるんですけど……」

千晶から叱咤《しった》されて、うつむいた佐奈に、睦美が口を開く。

「都会ではそういうの、ちゃんとやってると思ってたけど、東京の女の人でも、言えないんですね」

「東京のって、睦美さんも東京の女の人じゃない」

「あ、あの、私は元々青森なので、東京人じゃないっていうか、もう若くないっていうか」

素早く突っ込んだ安江に、睦美はドギマギしている。けれど妙子は睦美の、そして佐奈の気持ちが理解できた。

「私も滋賀の田舎もんやし、若うても、若うなくても、面と向かって止めろて言うのは、ちょっと難しい気がするわ」

「ですよね。いざとなると、言いづらいですよね。痴漢《ちかん》に遭ったとき、声が出ないのと一緒で」

佐奈はうれしそうに、同意を求める。

「それならわかるわ。痴漢じゃないと思おうとしたり、痴漢とわかってからも、言えなかった経験あるもの」

急に安江が身を乗り出した。若かりしころ、結構被害に遭ったとみえる。

「声は出せへんな、あれは」

「あら、妙子さんも痴漢に遭ったことがあるの?」

安江が意外そうに目を丸くした。これも一種のセクハラである気がするが。

「失礼な。あるよ。痴漢くらい。電車の中じゃないけど」

「どこで？」

「山の中の露出狂《ろしゅつきょう》。ひとりで山道を自転車で走ってたら、急に茂みから現れて、大事なトコ見せて、驚くのを喜ぶヤツ」

昔の田舎の痴漢は、そういう手合いが多かったのである。

「あらヤダ。気持ち悪い」

「びっくりして、びゃーっと自転車漕《こ》いで、大急ぎで逃げたわ。あとで、なんか言うたったらよかったと思たけど、とっさに言葉は出えへんもんや」

「今の私なら、『小さいわね』って言ってやるけどね」

安江の下品なジョークに、妙子と慎二が声を立てて笑うと、千晶がムッとしたように言った。

「話の腰を折らないでください。佐奈ちゃん、次は絶対にNOを突きつけるのよ。セクハラは絶対に許しちゃダメ！」

せっかくいい感じの方向に話が進んだのに、イマイチわかっていないおばちゃんたちの茶々で台無し！　と言いたげに怒鳴った千晶に、妙子と安江と慎二、そして睦美と佐奈までもが、「すみません」と肩をすくめた。

5

厨房の窓から、もの干し竿《ざお》の脇に立つ睦美が見える。曇り空の下、クリーム色のカーディガンに覆われた肩をすぼめ、スマホを耳に懸命に誰かと話している。

「ちょっと睦美さんのコートを持ってて、それとなく内容を聞いて来てえさ」

「一瞬じゃ無理よ。コートを渡してじっとしてたら、立ち聞きバレバレ」

「着るのを手伝うんよ。片手は電話で離せへんから、こうやって、紳士《しんし》が、淑女《しゅくじょ》に、こうして、ミンクのコートを着せるみたいにしたら、長いこと傍《はた》にいられる。そしたら、誰となにをしゃべってるか、わかる」

「今日の睦美さんのコートはミンクじゃなくて、メリノウールよ」

昼メシそっちのけで、おばちゃんふたりは口を半開きにし、丸椅子に座ったまま首を伸ばしている。目を伏せて話していた睦美は、ただならぬ視線を感じたのか、厨房をちらと見るなり、玄関の方へと歩いて行ってしまった。

睦美が視界から消え、妙子と安江の背中は一気に丸くなった。

ふたりがこんなに気にするのは、三日前から睦美が、一日に何回もスマホで誰かと話しているからだ。相手は青森の人のようで、かかってくることもあれば、睦美からかけているときもある。それ自体に問題はないけれど、どうも内容が深刻そうなのだ。睦美の夫も青森出身だ。もしかしたら夫がアルバイトに気づき、苦言を呈《てい》しているのではないか。睦美が仕事を辞めてしまうのではないかと、妙子と安江は心配なのである。

「すみません、食事を中座《ちゅうざ》してしまって」

しばらくして、すっかり身体が冷えたといった体《てい》で、睦美は厨房に戻って来た。ふたりはなにごともなかったかのように、急に箸を動かし始める。

「いいの、いいの、休憩中だから。あ、シチューが冷めちゃったでしょ。温めなおす?」

電子レンジに入れてやろうと、安江が手を差し出すと、「すみません、自分でやります」と、睦美は自分のクリームシチューの深皿を持ち上げた。

「今日は寒いやろー。外に長いことといたら、風邪引くで。誰もいいひんし、中で電話したら? なんやったら、二階を使てくれてもええよ」

睦美はあいまいに微笑み、電子レンジの前で音が鳴るのを待っている。

「あ、いや、どこで電話しようと人の勝手やな、うん。……今夜もシチューがぎょうさん出るかもしれんわ。シチュー、作り過ぎたと思たけど、よかった、よかった、寒なって」

「今夜も明日も、あったかメニューを求める人で、きっと忙しくなるわよ、妙子さん」

「週末大寒波《だいかんぱ》が来るらしいから、明後日も明々後日《しあさって》も忙しいで、安江さん」

「大忙しだから、風邪で休んだり、ましてや急に辞めたりしないでね、妙子さん」

率直に睦美にたずねればいいものを、おばちゃんたちは怖くて聞けないのである。

「大寒波が来るんですか？」

深皿を手に、睦美が席に戻って来た。

ついテキトーなことを言ってしまった。妙子はご飯をかき込み、返事ができないフリをする。安江はわざとらしい笑顔を作り、長いもののバターソテーを食べながら、つま先で隣の妙子の足を小突く。

「じゃあ、味噌カレー牛乳ラーメンを、オプションの献立《こんだて》に入れるのはどうですか？」

疑惑をかけられていることも知らず、睦美は楽しそうに提案してきた。

「青森で流行ってるんです。元は中高生のアイディアらしいですが、味噌とカレーに牛乳がよく合って、濃いけれどマイルド、みたいなスープであったまります」

「へえ。どんな味か、食べてみたいわ」

「ラーメンは、あったかメニューの定番やしな」

ふたりの興味は、たちまち味噌カレー牛乳ラーメンへと移行した。

「青森のラーメンなら、十三湖《じゅうさんこ》のしじみラーメンも有名です。あと変わったところでは、黒石市《くろいし》のつゆやきそば。大豆とそば粉を混ぜて打つ津軽そばは大昔からあって、映画にもなりました」

「青森県には、たくさんご当地麺料理があるんやなあ」

「今度は『青森麺まつり』になりそうな予感♡」

独自メニューの提案をするのだから、睦美は退職する意思はないとみた。よく考えれば、電話はバイトと関係のない、例えば友だちの悩み相談かもしれないのだ。心配し過ぎたと、おばちゃんふたりは苦笑するとともに、胸をなで下ろした。

「青森の料理に興味を持ってもらえてうれしいです。試食品はいつでも作れます」

睦美はつと立ち上がると、先日南部せんべいと水飴を隠していた板の間の戸棚から、市販のラーメンの箱をいくつも出して来た。

二月に入って、最初の水曜日の昼の部。

十一時半の開店を待っていたかのように、スーツや作業着姿の男性客が何人も、東京近江寮食堂に入って来た。

月曜から「青森メンまつり」と称し、オプションで味噌カレー牛乳ラーメン、しじみラーメン、津軽そばの三種類を提供し始めた（焼きそばにそばつゆをかけて食す、黒石つゆやきそばは、いちいち焼きそばを作る作業が面倒なので、今回は除外した）。

宣伝にも力を入れ、店内と家の周りの塀はもちろん、三崎坂《さんさきざか》沿《ぞ》いの店先にもチラシを貼らせてもらった。またまた光成にパソコンで作らせたチラシは結構デキがよく、初日から麺料理目当ての客が見受けられた。月曜、火曜に食べた客の口コミもあってか、今日は早い時間から上々《じょうじょう》の客の入りである。

麺料理はスピード勝負だ。本日の定食は魚系がカレイの煮つけ、肉系がミートコロッケと、温めるだけ、揚げるだけでよいおかずをメインにした（中華系定食は休み）。こうすれば、他の料理に手間をとられ過ぎず、うっかり麺をゆで過ぎたなんてことを防げる。

「あら、りっくん、来てくれたのぉ？　ばあば、うれしいわあ」

安江の声に、絵美里と陸が来店したことを、妙子は知る。「うちの息子は結婚する気がない。私は孫を見られない」とこぼしていた安江は、ばあばに名乗りを上げたとたん、陸に愛着を持ったようだ。

などと、ほっこり気分に浸っている場合ではなくなった。自称じいじは忙しくて、常連にあいさつすらできない。麺料理は客の回転が速い。定食と合わせて注文する客もいる。

厨房は睦美とふたりで、すでに大わらわだ。

「りっくんたち、しじみラーメン一」

安江は素早く告げると、グループ客の会計作業に入った。よりによって、領収書を要求され、どこかにしまい込まれた領収書パッドを探そうと、引きだしの中をかき回している。

「すみませーん、注文いいですかー」と、客の声がする。

廊下をドカドカと鳴らし、玄関の方から何人もの足音が近づいて来る。

どうしよう。

睦美に注文を取って来てもらおうか。今帰った客のトレイも、下膳《さげぜん》してもらわねば。となると、睦美はなかなか調理に戻れない。まだ味噌カレー牛乳ラーメン二と、津軽そば二、カレイの煮つけ定食一、焼き鯖そうめん一（面倒なトマト味を注文しやがった）、イガメンチ一が出ていない。ラーメン鉢がシンクに溜まっている。洗わないと、足りなくなる。さっき久保と佐藤が来たようだから、配膳だけでも手伝わせるか。いや、かくしゃくとはしているが、ふたりともイイ年のじいさんだ。つまずいて、料理をひっくり返しでもしたら、わやくちゃになる――。

妙子がプチパニックを起こしていると、勝手口の三和土《たたき》に、ぬっと男が現れた。

「ひいっ！」

妙子の悲鳴に、すわ不審者侵入と、睦美が空の湯切りかごを手にあとずさった。

「……びっくりするやんか！」

三和土に立っていたのは、なんと秀一だった。

「人をバケモンみたいに言いやがって」

皿を手にしてドギマギする妙子と、ドアを静かに閉めた秀一を、睦美は交互に見比べている。

「声かけようと思たけど、忙しそうやったから……」

久方ぶりに見る夫は、少し肉づきがよくなったようだ。黒いネル地のシャツに灰色のセーター、清潔《せいけつ》なジーンズをはき、すっきりした印象だ。黒いジャンパーも新しそうだし、刈りこまれた髪も、前髪の立ち具合と整髪料《せいはつりょう》のツヤからして、散髪に行って来たばかりに思える。

ああ。秀一や――。

妙子の目には夫の姿しか映らない。当の秀一は厨房の中を、無遠慮に眺め回している。

睦美は妙子の知り合いと理解したようだが、それはそれで、どうしていいかわからない様子だ。

「あっらー、どちらの男前かと思ったら、妙子さんのダーリンじゃなーい。ちょうどよかったわ。こちらの睦美さんの故郷にあやかった、青森メンまつり真っ最中で、てんてこ舞い舞い、キリキリ舞いで、猫の手も借りたいくらいなんですの。もしお時間あるようでしたら、手伝ってくださらない？」

微妙な空気を打ち破るように、ソバージュ頭を振り乱した安江が、トレイをふたつ掲げて厨房に駆け込んで来た。

それまで無音だった妙子の耳に、換気扇《かんきせん》や流しっぱなしの水道の音が、再び響き出す。

「妙子さん、ダーリンには麺を担当していただきましょう！　睦美さんは注文を取って、下膳して来てちょうだい！」

「はいっ、わかりました！」

睦美は湯切りかごを秀一に押しつけると、客間へととび出して行った。

「麺は……三種類か」

いきなりの指令にもかかわらず、秀一は湯切りかごを手に、よっこらしょと、紺色のスニーカーを脱いだ。厨房のあまりの惨状《さんじょう》に、見過ごせなくなったのかもしれない。

秀一は、少しとろみが出てきた大鍋の茹《ゆ》で汁を半分ほど捨てると、隣の鍋に沸いていた新しい湯を注ぎ足した。ラーメン屋のように、直接蛇口《じゃぐち》から鍋に水を差すことができないので、ときどき麺を茹でる湯を入れ替える必要があるのだ。だが全部入れ替えると、湯沸かしが追いつかないので、半分ずつだ。さすが元料理人、いや我が夫。妙子のその意図を、パッと見抜いてくれた。

「太い麺は、味噌カレー牛乳。中太縮れ麺は、しじみの方。津軽そばはこっちの鍋。そばつゆは、これ」

妙子が手早く説明すると、秀一は無言で腕まくりをし、あらためて手を洗った。

「お湯がとび散るから、あれ使って」

妙子は手を動かしながら、壁にかけられたエプロンを顎で指す。ビニール製の白い胸当てエプロンは、洗いものに専念するとき、妙子が使っているものである。

「では、よろしくお願いします！」

定食のトレイをふたつ持ち、安江は秀一にあらためて念を押し、客間へと戻った。

厨房ではしばらく、無言の作業が続いた。

秀一が茹でた麺を、妙子の準備した味噌カレー牛乳スープに浸す。それからチャーシューとメンマ、コーン、ねぎをトッピングして見せると、完成形を把握《はあく》した秀一は、次の鉢からはひとりで作ってくれた。

秀一は無駄のない動きで、丁寧に菜箸《さいばし》を操る。お玉から鉢に注ぐスープは、はねることも、こぼれることもない。麺の湯は確実に二回で切り、必要以上に麺を傷つけない。メンマやチャーシューをトッピングするときの菜箸の動きにも、どこか気品が漂う。

確かなその手さばきは、やっぱり違う。若いころ滋賀県で営《いとな》んでいた郷土料理屋「江《ごう》州《しゅう》」時代が思い出され、妙子の胸は熱くなった。

一時三十分。無事、昼の部が終わった。

「妙子さんのダーリン、おかげでとっても助かりました」

くたびれた体《てい》で厨房に入って来た安江に、秀一は反応せず、作業台の上を整理する手を休めない。かなりこき使ったのに、やはり男性は体力があるせいか涼しい顔だ。夫のその頼もしさに、誇らしさと少しの気恥ずかしさを、妙子は覚える。

「ダーリンはやめてえさ」

「じゃ、なんて呼べばいいの？」

慌てて傍《そば》に寄った妙子に、安江が小声で問い返してきた。

「……寺島さん、とか？」

「それじゃ、妙子さんと区別つかない」

「私は苗字で呼ばれてないけど……ほな、秀一で」

「秀一さぁん、今日はどうもありがとうございました」

最敬礼をした安江に、秀一はやっと会釈《えしやく》を返した。照れているのだろう。睦美も同様に頭を下げたが、やはり夫の反応は同じだった。

「いつの間にか、りっくん、帰っちゃってた」

安江は丸椅子に腰かけ、話題を変えた。照れる男に、くどくど話しかけるのは無粋《ぶすい》である。

「今日はさすがに、あの子らにかまう時間はなかったな」

妙子も丸椅子に座った。

「絵美里さん、今日も必死で、りっくんに食べさせてました」

みんなにお茶を配りながら、睦美が報告する。「秀一は妙子の夫」としか理解していない睦美だが、自然にふるまってくれるのはありがたい。夫と一緒のときに他人がいると、どうにも気恥ずかしいのだ。

「あの子ら、確かしじみラーメンを頼んでたけど、食べられたんか？」

「りっくん、ずーっと嫌がってた。絵美里ちゃん、りっくんが歩き回らないようにしてたから、余計かもしれないけど」

「そうなんです。しじみもスープも、ラーメンもダメって。会計のとき、絵美里さん、怒ったように言ってました。食べたのはサラダのハムだけ」

「ずいぶん、ねばってたけどねえ」

「そうですね。今日は一時間くらいかな」

「例の調子で？」

客間をのぞけなかった妙子に、安江と睦美はうなずく。ふたりのしかめ面《つら》に、妙子は鼻から大きな息を吐いた。

飴せん以降、絵美里は毎日、陸とともに食堂に来てくれるのだが、精神的不安定に拍車《はくしゃ》がかかっているのだ。指でつまんだ食べものを、陸の口に無理やり入れたかと思うと、涙を浮かべて、陸の頭に頬をこすりつけていたりする。かと思うと、急に大口を開けてお手本を示すように、「おいちーい」と大げさに言って食べ、他の客に笑われていたりする。

気持ちはわかるし、子供のためといえばそれまでだが、「じいじとばあばの目を意識し過ぎている」というのが、安江の見解《けんかい》だ。「自分は母親として、ここまでやってます」とアピールし、こちらに気に入られようとしているのでは、というのだ。

そんなことしなくても自分たちは絵美里の味方だと、飴せんやクッキーを他の客にわからぬように差し出すのだが、あまり効果はない。そこで昨日あたりから、偏食と関係のない話で気分転換を図ろうとしているのだが、今日は多忙で、世間話どころではなかった。

「千晶さんに、影響され過ぎたかな」

「じいじとばあばに応援してもらってるから、がんばらないと、ということでしょうか」

「りっくんがハム、ソーセージ以外のものを食べないと、自分は母親失格だと思い続けるのかもしれないわね」

立ったまま、ほうじ茶をすすっている秀一が、妙子の目に入った。

「あんな、お菓子とハム、ソーセージしか食べへん子供がいてな」

絵美里と陸について、妙子は秀一に説明した。興味を示すかわからないが、夫を蚊帳《かや》の外にするのは嫌だった。それに妙子には、偏食解決の知恵を秀一が出してくれるのではないかとの期待があった。妙子の気持ちに気づいたか、安江も話を補足《ほそく》してくれる。

「なんかちょっとでも、例えば野菜が食べられるようになったら、お母さんも気ぃ楽になって、落ち着くかもしれんねん」

「……しじみラーメンは、塩のうまみでラーメンを食べるようなもんやから」

黙って耳を傾けていた秀一は、説明を聞き終えると、ぼそりとつぶやく。

「え？　しじみのだしが、あのスープのうまみじゃないのですか？」

睦美が驚いたようにたずねた。

青森県西部にある、十三湖のヤマトシジミを使ったしじみラーメンは、しじみから取った濃厚《のうこう》なスープが特徴だ。トッピングされたヤマトシジミは大ぶりで、わかめと白髪ねぎを添えると、まるで極上のお吸《す》いものをいただいている気になる。でもそれが、陸の偏食とどう関係があるのだろうか。

「確かにしじみのだしがないとダメだけれど、このスープは、ほかのラーメンスープよりも塩味が強い。だから油脂《ゆし》成分がほとんどないのに、かん水《すい》を使った中華麺に負けずに、おいしく食べられるんやと思う」

空になった湯呑《ゆのみ》を撫でながら、秀一は続けた。

「しじみのうまみ成分であるコハク酸《さん》は、アルコール発酵《はっこう》が起こるときにも発生する。ビールとかワインの苦みと酸味の素や。そんな風に大人好みの味やから、子供にはキツいのかもしれん」

確かにしじみの白濁《はくだく》しただしは、かすかにエグいような癖がある。それがまた大人にはたまらないのだが、慣れない幼児には嫌な味に思えたのかもしれない。

「塩だけ溶かした湯でラーメンを食べても、うまくない。そちらの言う通り、しじみだしあっての、しじみラーメンや。だから塩を強く効かせるのが、うまさのカギやと俺は思う」

「塩のうまみ、なんて言い方、初めて聞きました」

秀一の見解に、睦美は感激したようだ。

「実は青森の人は、塩辛いものが大好きなんです。他の県の人には、しょっぱ過ぎると言われます。でも、そんな青森だから、しじみラーメンは生まれたのかも」

睦美は自嘲気味に続けた。

「青森県は全国で一番、塩の消費量が多いんです。だから高血圧《こうけつあつ》の人も多いし、脳卒中《のうそっちゅう》を起こす人もいっぱいいて、問題になってます」

食材に含まれる水分は、腐敗の素だ。冷蔵庫のなかった時代、食材の水分を抜き、長期保存するには、先日睦美が言っていた干し菜のように、乾物にするか、塩に漬けるしかない。その塩漬けも、冬の長い青森県ではさらに保存が効くよう、塩分量が多くなったのだろう。

「私の母方の祖父母は、ふたりとも血圧が高かったし、脳卒中も起こしてます。塩分は胃ガンの原因にもなるとも聞きました。だから子供のころから、塩にはなんとなく悪いイメージを持っていました」

少し悲しげな顔を見せた睦美に、秀一は首を振った。

「塩が悪いんやない。付き合い方の問題や。塩分は人が生きるのに欠かせない。人類が塩蔵《えんぞう》技術をあみ出したおかげで、豊富な漬けもの文化が花開いたんやから」

塩に漬けた食材は、乳酸《にゅうさん》発酵を起こしてうまみが増す。また塩だけでなく、他の食べもの、例えば米糠《こめぬか》も合わせて用いると、糠に含まれる栄養素も内部に入り、複雑なうまみを醸し出すのだ。

「いろんな漬けものがあるでしょう。青森には」

「はい。野菜だけじゃなくて、サメとかニシンとか、魚系も多いです。あ、リンゴの漬け
ものもあります。しょっぱいだけじゃなくて、甘いお漬けものも。きゅうりの砂糖漬けと
か」

秀一に水を向けられると、睦美の顔がパッと明るくなった。

「サメにも驚くけど、リンゴもあるの？　きゅうりの砂糖漬け？」

妙子は思わず問うた。

「はい。リンゴもきゅうりも、甘じょっぱくて、結構イケます」

「リンゴまでお漬けものにするなんて、さすが青森ね」

安江が目を丸くする。

「塩の恩恵は漬けものだけやない。うどんやラーメンのコシになるグルテンは、塩が入ら
ないと効果が出ないし、桜餅に使う葉の色や香りも、塩漬けしてこそのものや。ぜんざい
の甘さは塩が引き立てるし、醤油も味噌も塩漬けの大豆が原料や。悪者だなんて、とんで
もない」

なるほど、あたり前に使っている塩だけれど、日本の食文化の大半は、塩のおかげで成

り立っているといっても過言ではない。

「私、なんだか青森のこと、見直してしまいました」

故郷の食文化をほめられ、睦美はさらにパワーアップしたようだ。残念ながら、陸の偏食解決策はもらえなかったけれど。

「あーもう。ラーメンとかお漬けものとか、そんな話を聞いてたら、たまんないわ。話はそれくらいにして、早くお昼にしましょうよ」

悲鳴のような安江の言葉に、ほかの三人は身体を動かし出した。

しじみラーメンについてあんなに熱弁《ねつべん》を振るったくせに、秀一は昼食に津軽そばをリクエストした。それで自然とみんなが津軽そばを食べることになったのだが、一番に麺鉢を受け取った秀一は、ひとりさっさと食べ終えると、妙子が止めるのも聞かず、勝手口から帰ってしまった。

「もう。せめてみんなが食べ終わるまで、待ってたらええのに。失礼なやっちゃな」

できたての津軽そばを前に、妙子は口をとがらせる。口ではそう言うが、なるべく長く、ここにいてほしかったのが本音である。

「なにか用事を、思い出したんじゃない？」

ハフハフしながら安江は言い、「バイト代は借りにしといてもらいましょう」と、つけ加えた。

「旦那さん、腕のいい料理人なんですね。手伝っていただいてよかったです。いろいろ教えてもらえたのも勉強になりました」

できたてのそばの鉢に、睦美は丁寧に手を合わせた。おばちゃんふたりは、無言でうなずく。確かに、今日秀一が来てくれなかったら……。想像しただけで冷や汗が出る。

「そら、よかった」

妙子のつぶやきには夫への感謝、そしてうまい昼食への満足感が混じった。

津軽そばは大豆をすり潰した呉汁《ごじる》をそばがきと混ぜ、さらにそば粉と混ぜて打つという、手間のかかったそばである。なんでも、たんぱく質も合わせて取ろうと、江戸時代に考案された製法らしい。大豆特有のにおいを嫌がる向きもあるが、その大豆がつなぎの役割を果たし、そば粉だけのそばと違い、丸みある食感が温かいおつゆによく合うそばだ。

「ところでダーリン、妙子さんにご用があったんじゃないの？」

そばをくわえたまま、妙子は安江に目をやった。

「急に手伝わされて、言いそびれたのかも。携帯に電話したらどうですか？」

「あの人は、携帯は持ってないねん」

応えた妙子に、睦美は目を丸くする。

「アパートに電話も引いてない。用があったら、隣の大家《おおや》さんに電話するしかないんよ」

「まさかこのご時世に」と思ったのだろう。睦美は軽く口を開けたが、すぐに失礼だったと気づいたように、目を伏せた。

「ダーリン、妙子さんの顔を見に来たのね。きっと」

そばを食べ終え、煮干《にぼ》しと昆布のおつゆもすっかり飲み干した安江に、妙子は反応してやらない。それこそ照れくさいというものだ。

「……素敵ですね」

止めた箸をおつゆの中に浸けたまま、睦美は唇を真一文字《まいちもんじ》に結んだ。

「でしょう？　妙子さんのダーリンはハンサムで博識《はくしき》で、とっても素敵なのよ」

「やめてんか」

「旦那さんが素敵なのはもちろんですけど、私、妙子さんと旦那さんの関係が、素敵だと思いました。お互いに信じ合ってて、良い距離が保ててる感じで。大人の関係ですね」

秀一と妙子は単なる別居婚だと、思ったのだろう。実は十一年もの失踪の果てに、やっと見つけた夫とその後も距離が縮まらないのだと知れば、睦美はどんな反応をするだろう。しかも秀一は、アルコールの問題を抱えているのだ。

「私、電話するの、もうやめます。ご心配をかけて、すみませんでした」

睦美は意を決したように、ふたりに頭を下げた。

「やっぱり、ご主人と話してたのね」

「私のことと、睦美さんのことは関係ないで。もし外で働くことを反対されてるんやったら……なあ？」

「ご主人、古風な方なんでしょ。夫婦崩壊の危険を冒《おか》してまで、続けてもらいたいとは……ねえ？」

目を合わせるおばちゃんたちに、睦美は大きく頭を振った。

「大丈夫です。とやかく言える立場じゃないです、主人は。仕事は続けます。いきなり辞めたりしませんので、安心してください。電話の相手は主人だけじゃありません。息子や娘とも話したんですけど、それぞれ互いに信用してないというか、されてないというか、甘えているというか、全然わかってないというか」

睦美は麺鉢の中を箸でグルグルかき混ぜ、怒りを思い出しているようだ。詳しいことは不明だが、なにか家族の問題が進行中らしい。途中で別居したという姑と関係があるのだろうか。

「とにかく。私の気持ちは伝えたし、息子も娘もいい大人なのだから、もっと母親の、私の気持ちを理解するべきだと思います。これ以上、話しても意味がないと思います。だからもう、電話はしない。んだ。もう、しね。しねぞ、電話」

感情が高ぶってきたか、最後はお国言葉でひとり納得した睦美は、麺鉢を両手で持ち上げ、ゴクゴクと音を立てておつゆを飲み干した。その仕草には、並々ならぬ決意が感じられる。

「あ」

さっきの話。秀一と睦美との会話。青森の郷土料理。

そうだ。いけるかもしれない。

「りっくん、野菜を食べるかもしれん！」

急に大きな声を出した妙子に、安江は目をパチクリさせ、睦美は「どうするんですか？」と、興味深そうに身を乗り出してきた。

6

「おや、いらっしゃい」

「こんばんは。先にビールください」

たまたま客間に出ていた妙子に、千晶はそう告げて廊下を進んだ。

二月最初の金曜日。午後六時半。ちょうど佐奈が床の間の前に、落ち着いたところだ。

千晶は佐奈の向かいでコートを脱ぎ、グレージュのパンツスーツに包まれた身を置いた。

「ビール一本とコップふたつ、千晶さんに」

「珍しいわね。金曜に千晶さんが来るなんて。しかもまたビール……」

厨房の冷蔵庫の前で、安江は眉間に皺《しわ》を寄せた。懐妊ならずで自棄になった先週は仕方がないとして、今日も飲むのは、もう妊活自体をあきらめたのだろうか。

しかし千晶のオーダーは、イガメンチと鮭フライ定食のライス抜きで、食事はいつもと変わらなかった。ちょっとちぐはぐな注文だなと思いつつ、妙子は作業に取りかかる。

金曜の夜は、東京近江寮食堂はあまり混まない。週末はここより、もっといいお店に行く人が多いのだろう。早い時間の常連組が引けた店内は、外国人の家族連れ四人と、男性のひとり客がパラパラといるだけだ。そんな中、千晶と佐奈は穏やかに、そしていつもより楽しそうに会話していた。

「佐奈ちゃん、歴代の彼氏は、みんな年下だったんですって」

妙子がお茶のポット交換で近づくと、千晶が上機嫌で話しかけてきた。

安江は先ほどから、ふたりの会話に入っており、「彼氏いない歴二年三か月って、意外ね」と、廊下から客間へ乗り出すように膝をつき、腰を落ち着けた。

「二十六のときに、二十三の人と付き合ったのが最後です。すっごく好きだったのに、別れちゃったんだよなあ」

珍しく佐奈の口は滑《なめ》らかだ。ふたりはビールの中瓶二本を空けたあと、小瓶の日本酒(百八十ミリリットル)に移り、すでに二本目に突入している。

「早くいい人、見つけなさいね」

「はーい。がんばって、見つけまーす」

「さっきから、それぱっかり」

千晶の激励に佐奈が手を挙げると、安江が笑った。今日はどうやら、佐奈の恋バナが酒の肴《さかな》のようだ。「佐奈ちゃん、人生これからやもんなあ」と、妙子も客間の縁にしゃがむ。

「選ぶときは、じっくり見極めた方がいいわよ。男って変わるから。この人は大丈夫だと思っても、意外なところに落とし穴があるのよ」

千晶の口ぶりは、妙に実感がこもっている。

「夫は四十五だけど、それくらいになると、いろいろと先が見えるのよ。会社で自分はどこまで行けそうか、とか」

千晶はそう言い、酒器の日本酒を少し飲んだ。鮭フライとつけあわせのキャベツときゅうりはなくなっているが、小鉢の五目豆《ごもくまめ》、カリフラワーの豆鼓《トウチ》炒め、クレソンのお浸しは、それぞれほとんど減っていない。

「あの人、もう子供はいいと思ってるみたい。夏ごろは『娘がほしい』って言ってたのに」

どうやら千晶は、子供に対する夫婦の温度差を感じているらしい。

「やさしい人って、つまりは押しが弱いとも言えるわけ。出世レースから外れつつあるのよ。そしたら男としての自信もなくなってきたのね。すべてに消極的になっちゃって」

「子供をもうけるのは、ひとりじゃ無理だものねえ」

安江がビミョーな合いの手を入れると、千晶は顎をあげて、語気を強めた。

「そうなんです。でもそれじゃ、私が困るんです」

なんと応じていいのやら。頬をほんのり染めた佐奈も、笑顔をひきつらせた。

「もうひとり、どうしても子供が欲しい。理想を追求したいの。子供ふたりが、私の夢だったから。仕事の都合でふたり目に取りかかるのが、空いてしまったけど、今なら間に合う」

「そういえば、今日は金曜ですけれど、大河君は、今おうちですか?」

いつのまにか、皿洗いを終えた睦美が廊下に立っていた。

「今夜はおじいちゃんちにお泊まりです。勉強しろと言われず、ゲームし放題、ユーチューブ観放題、明日は早朝から釣りに出かけるみたいです」

千晶の自宅から電車で一時間ほどの、東村山《ひがしむらやま》市に住む千晶の父親は、都内での用をすませたあと、大河の学校まで迎えに行ったらしい。そしてそのまま、ジジババ宅まで車で直行したのだという。

「今日は夫も遅くなるって言ってたし、私も残業予定だったたから、渡りに舟でオッケーしたけど、いざフリーになるとなんだか気が抜けちゃって。やろうと思ってた仕事にも身が入らないし、かといって映画も買いものも気乗りしないし。急な誘いに乗ってくれる友だちもいなかったし」

息子は外泊、亭主も遅い。さあ久々の独身生活！　という心境に、千晶はならなかったようだ。なんだかんだで彼女のプライベートは、結局子供中心で回っているのだろう。

「佐奈ちゃん。がんばって、いい男、見つけなさいね」

「がんばりまーす。いい人見つけて、寿《ことぶき》退職しまーす」

カワイ子ぶった仕草で、佐奈が返事をすると、千晶は急に表情を引き締めた。

「ダメよ、会社辞めちゃ。結婚しても、辞めちゃダメ。せっかく闘い始めたんだから」

「……はあい。すみませんー」

「闘い始めた？　ついにセクハラ上司と、闘い出したの？」

安江が問うと、佐奈は弱々しく首を振った。

先日、お尻にタッチされた佐奈が、「やめてください」と勇気を出して言ったところ、エロ上司は椅子に座ったまま、わざとらしく肩を回し、うやむやになったのだという。

「ごめん、ごめん。昨夜、寝違えたみたいでさ」と、

「だーかーらー、佐奈ちゃん、わかってるくせに。せっかく初めの一歩を踏み出せたんだから、警告もちゃんとしないと」

千晶の叱咤に、佐奈は困ったような顔になった。やっぱり千晶に話すんじゃなかった。そんな感じだ。妙子は思わず助け舟を出す。

「わかってても、なあ？」

闘うのは、本当に勇気がいる。今の「やめてください」だけで、行為が止むのではと期待してしまう。あまり追い詰めるのも、逆効果かもしれない。相手に逃げ場を作ってやらないと、余計にひどくなるかもしれない。佐奈の気持ちを、妙子は思いやる。

「そうなんです。わかってるんですけど……そこまでのことなのかな、次からはしないんじゃないかな、しないといいなって、期待しちゃうんですよね」

佐奈が妙子の目を見て、しかし千晶を気にしながら、すがるように言った。加勢してほしいのだろうが、妙子とて、そんなに弁の立つ方ではない。

「台風とか大雨のときに、なかなか避難しない気持ちと似てるかも。もうこの辺で水は止まるんじゃないかしら、最終的には水はやって来ないんじゃないかしらって、希望的観測しちゃうの。そう信じたいっていうか」

安江が言うと、意外にも千晶は大きくうなずいた。

「そうです。そうなんです。そうやって対処しないでいると、洪水《こうずい》で命を落とすことになる。命を落とさないまでも、いつまでも続く雨漏りや湿気で、家が傷んでしまう。まずは問題を直視する勇気が必要なんです」

そこで佐奈は、なにかが心に刺さったらしく、唇を尖らせるようにして考え込んだ。

確かに千晶の言う通りだ。しかし私たち女性は、そこまでの覚悟をしないと、社会で快く暮らせないのかという気もしてくる。

「絶対に後退しちゃダメ」

そう言って千晶は、酒器に残っていた日本酒をグイッと空け、「人のこと、言ってられない。私も問題を直視しなきゃ」と、中庭の方をにらみつけた。

終始口をはさまず、真剣なまなざしで会話を聞いていた睦美も、千晶と同じ方を見て、結んだ唇に力を入れている。

＊　＊　＊

「絵美里ちゃんとりっくん、やっと来たわよ」

丸一週間来店しなかった絵美里が、翌週の金曜の昼の部、それもラストオーダー、ギリギリの時間にやって来た。

急に来なくなったので、なにかあったのではと、気をもんでいた妙子ら三人はホッとした。母子ともに、特に変わった様子は見られない。

凝《こ》り固まっているだろう絵美里の気持ちが、少しでも和らぐようにと、秀一と睦美の会話からヒントを得て、妙子はいくつかの料理を準備して待っていたのだ。

「りっくん、食べてくれると、ええけどな」

「大丈夫だと思います」

「妙子さんの料理は、たとえ失敗しても、なぜか問題は解決するから大丈夫」

事実だけれど、癇《かん》に障《さわ》る安江の意見は聞かなかったことにし、妙子は小鉢の準備に取りかかった。

「しばらく顔を見せなかったわね」と声をかけた安江に、「やっぱり親戚に会いたくなって」と、絵美里は殊勝《しゅしょう》なことを言ったらしい。

食堂から一週間離れたのを、寂しく感じてもらったのはうれしいことだ。妙子はのれんの端から、母子の様子をそっとうかがう。

以前と同じく豚カツ定食を注文した絵美里は、玄関側の客間の隅に座り、おもちゃで遊ぶ陸の横で、相変わらずスマホから目を離さない。今日は陸が勝手に遠くへ行かないよう、「天使の羽」と呼ばれる子供用のハーネスを、陸の背中につけている。

街中で初めてハーネスにつながれた子供を見たとき、犬猫じゃあるまいしと、妙子は違和感を持った。だが動きの予測がつかない幼児を危険から守るための、ひとつの手段なのだろうと思い直した。ただ、室内でもつないでいるのはどうなのだろうか。

「あの、小鉢が多いみたいなんですけど」

「今日はちょっと変わった料理を準備したのよ。よかったら、陸くんと一緒に味見してみて」

出されたトレイの上に、絵美里は少し驚いたようだったが、それ以上は問わなかった。

ほとんど客の引けた客間で、絵美里は豚カツとご飯、味噌汁、そして四種類の小鉢と相対《あいたい》している。

もう暇になったし、いつもなら安江や睦美がおしゃべりに行くところだが、今日はあえて距離を置いた。こちらの目を意識することなく、料理にどう反応するかを見たかったからだ。

絵美里が最初に箸をつけたのは、揚げたての豚カツではなく、小鉢だった。

彼女は怪訝《けげん》そうな顔で、小鉢の副菜《ふくさい》に順に箸をつけた。ひと通りの味がわかると、少し思案し、子供用スプーンですくった副菜のひとつを、陸の唇に持っていった。

「あ、食べた」

陸はトラックのおもちゃで遊ぶ手を止めずに、赤いジャムを難《なん》なく口の中に納めた。絵美里は再びそれをすくい、食べさせる。よだれと食べものでぬれた口元を、ときどきスタイで拭ってもらい、陸は四つの小鉢の料理を、それぞれ少しずつ飲み込んだ。

絵美里は淡々と陸に食事を与えている。こちらが期待したような感激も見られず、まるで食べるのはあたり前と知っていたみたいだ。少し不満に思った三人は、絵美里たちの方へと近づいた。

「どう？　りっくん。野菜が少し食べられたかしら」

「あの、これ、野菜じゃないですよね？　果物ですよね？」

絵美里はおずおずと、たずねてくる。陸は立ち上がり、三人に歩み寄って来た。

「りっくん、こんにちは。ばあばですよ」

早速「ママ、ママ」と言いながら、安江の顔を叩き始めた陸に、絵美里はその腕をつかもうとした。絵美里の手を制し、安江は陸をやさしく抱き寄せ、「はいはい、ママじゃなくて悪いけど」と自分の膝の上に、強引に座らせた。

「それはトマト。野菜を食べへんて、絵美里ちゃん、悩んでるみたいやったから、なんとか陸くんの食べられそうな野菜料理はないかて、調べてみたんよ」

小鉢の中身は、トマトジャム、キャロットラペ、コールスロー、きゅうりの砂糖漬けだ。

「そうよ。りっくん、トマトが食べられたのよ。すごいじゃないの」

トマトジャムは、文字通りトマトを煮て、砂糖と塩で調味《ちょうみ》したものだ。甘い上にトマトのうまみがうれしい、パンだけでなく、チキンソテーなどにも合うジャムである。

「え？　トマト？　……言われてみれば、そんな気も」

絵美里は驚いたように言い、またひと口、箸ですくって食べた。

「こっちはキャロットラペていうて、にんじんを蜂蜜《はちみつ》とアプリコットジャムで味つけしたサラダ。フランス料理やで。いろんな作り方があるらしいけど、今日はこうしてみた」

キャロットラペは、にんじんをピーラーでささがきにし、塩でもんだあと、子供用にレンジで加熱し、歯ごたえをわざとなくしてある。水気をしぼったそれを、レーズンと甘味で和えると、野菜と果物の風味が口の中で一体となる。大人用なら歯ごたえもしっかりさせ、玉ねぎや粒《つぶ》マスタードも使うが、陸のために刺激物は入れなかった。

「そういえば、にんじんのケーキって、ありますもんね」

「コールスローも、普通はマヨネーズ味が多いけど、今日は使わんかった」

キャベツのみじん切りを塩でもみ、洗って水気を切ってから、オリーブオイルと白ワインビネガー、そしてたっぷりの砂糖で和えたコールスローは、甘酸っぱいキャベツがあとを引く一品だ。これも大人用なら、キャベツを粗い千切りにして、オニオンスライス、細切りにんじん、胡椒やクミンなどのスパイスを混ぜるが、今回はやはりはぶいた。

「妙子さん、ドレッシングに、お砂糖大さじ十杯も入れちゃうんだもの」

「十杯も入れてないで。八杯や」

「ドレッシングに、そんなにお砂糖を入れるんですか？」

絵美里は目を丸くして、小鉢を取り上げる。

「昨日作ってん。よう漬かってて、おいしいやろ？」

絵美里は首肯《しゅこう》しつつ、「でも、こんなに砂糖でごまかしてあるの、野菜を食べたと言えないですよね」と失礼なことを言い、ため息を吐《つ》いた。

「なに言うてんの。きゅうりの砂糖漬けは、青森の郷土料理やで。向こうでは大人も喜んで食べてはるんよ」

確かに、一般的な料理法で調理された野菜を食べられた方が、社会に出たときに困らないだろう。しかし、陸はまだその入口に立ったばかりなのだ。急ぐことはない。

「青森の人は、しょっぱいもの好きだけれど、甘いものも大好きなんです。大根のブルーベリー漬けとか、きゅうりのリンゴジュース漬けもあります。青森県は漬けもの王国なんです」

みじん切りにされたきゅうりの砂糖漬けは、原形をとどめていないせいか、野菜に見えず、甘い繊維《せんい》がメロンの果肉を思わせる。

近年はびこる健康志向で、最近は素材の持ち味を生かした調理法を重んじる風潮がある。けれど野菜の味が苦手ならば、内部の水分を除き、特有の風味を抑えて食感を変え、子供の好む味を入れてやればいい。まずはその食材を体内に取り込むこと。そうして食べているうちに、身体の中から、「これはもう、あなたの身体の一部だよ」と野菜がささやき出すのだ。声を内側から聞いた子供は、食べても大丈夫だと、だんだん野菜を口にできるようになるのだ。

「ちょっとでも食べられたことを、喜んだげてえな」

「子供の成長を気長に待つのも、お母さんの仕事のうちよ」

「普通じゃないかもしれないけど、きゅうりの砂糖漬けも、野菜料理だと認めてね」

睦美は珍しく、いたずらっぽく笑った。

「きゅうりって、こういう風に食べることもあるんですね……」

やっとわかってくれたか。少し気まずそうに、でも口角を上げた絵美里に、睦美はにっこりとほほ笑み、厨房に向かった。最後にデザート、ではなく、〆《しめ》のお椀を提供するためだ。

「食べてみてください」

戻って来た睦美は、絵美里にふたをしたお椀をひとつ、供《きょう》した。

「『けいらん』という料理です。青森では冠婚葬祭《かんこんそうさい》のときにいただきます」

恐る恐る椀のふたを取った絵美里は、ふうわりと湯気の上がった中の具を、いぶかしげに箸で突いた。

「お餅だ」

すまし汁を張った椀の真ん中には、黒い中身が透《す》ける白い餅。上には結び三つ葉《みつば》が載せられ、脇には干し椎茸が浮いている。

「お饅頭《まんじゆう》だ!」

「そうです。このお饅頭の形が鶏の卵に似てるから、『けいらん』っていうの」

驚く絵美里に、睦美が説明した。饅頭の中身は、甘いこしあんである。

「神さまにお供《そな》えするときは、だしを昆布や椎茸で取って精進料理にします」

「ほらほら、りっくんにお吸いもの、あげてみて」

陸はといえば、母親と違う弾力豊かな腹と太腿の感触が心地いいのか、安江の膝の上にちんまりと納まり、誰を叩くこともなく、おもちゃの船を舐めたりして遊んでいる。

絵美里は匙《さじ》の上の、だし汁に溶けかかったこしあんを、陸の唇に触れさせた。

「りっくんが、お吸いものを食べたわ」

すました顔でこしあんを口の中で転がす陸に、安江が笑った。妙子と睦美は「すごい、すごい」とはやし立てる。「あなたの息子は大丈夫！」と、最後に安江が絵美里の肩を叩いて、とどめを刺す。

「千晶さんの言わはったことは正論《せいろん》やけども、あんまり気にせんと、ぼちぼち行こうさ」

「そのうちに、お味噌汁もゴクゴク飲むようになるわよ」

「普通の野菜料理も、そのうち絶対、食べるようになります」

三人のやさしい言葉に、絵美里はうつむき、肩を震わせ始めた。

「ありがとうございます……。もう、私、陸に、無理やり、食べさせるのは、やめます……」

絵美里は一瞬、涙に濡れた顔を上げ、「あの、私、ほんとは……」と言いかけたが、嗚《お》咽《えつ》に邪魔され、言葉は続かなかった。

睦美が絵美里の肩を撫でさすった。陸が大きな目玉で、泣きぬれる母親を見つめている。

「あーあ、豚カツ、冷めてしもたで」

「温め直しましょうか」

「新しいの、揚げたげた方がいいんじゃない？」

自称・陸の親戚三人組は、口々に言いながら、あわただしく動き出した。

「やれやれやな」

「ほんと、ほんと」

「でも絵美里さん、最後までなにか言いたそうでしたね」

「お礼を言うても、言うても、言い足りんと思ったんちゃうの」

玄関で絵美里らを見送り、ひと安心の心持で、オールドおばちゃんふたりが鳴き廊下をきゅうきゅう鳴らしていると、若おばちゃん睦美が、妙なことを言い出した。

「もしかしたら、りっくん、本当はママの真似をしてるんじゃないでしょうか」

瞬時に笑顔を固めた妙子と安江に、睦美は続ける。

「もしかしたら、絵美里さん、りっくんを家でぶってるんじゃないでしょうか？」

「なんで、そんなこと……」

「軽率《けいそつ》なことは言えないのですけど……。私、りっくんがどうして『ママ』と言いながら人をぶつのか、ずっと考えていたんです。最初は母親への抗議《こうぎ》を、他人に向けているのかもしれないと疑いました。でもりっくんが、クマ男の鯖をつかんだときのこと、思い出したんです。私、りっくんの手を洗いに、洗面所に連れて行きましたよね。そのとき腕まくりをさせると、肘《ひじ》のあたりに青タンが見えたんです」

妙子と安江はゴクリとつばを飲み込み、睦美の顔を凝視《ぎょうし》する。

「絵美里さんにたずねたら、転んだって。そのときは私も納得したんですけれど……」

廊下の真ん中で、鼎談《ていだん》でもするかのように、立ったままの三人は向かい合う。

「それだけで決めつけられないですけど、食べないりっくんに、絵美里さん、手をあげてることを、私たちに言いたかったのではないでしょうか？」

「言うこと聞かへん子供を、ちょっと叩くことて、ようあるやろ」

言いながらも、妙子の心に暗雲が広がった。子供のころ、父親によくぶたれたことを思い出したのだ。あの怖さ、やりきれなさ、悔しさは、心に傷となって残っている。

「子供ってぷよぷよしてるから、よっぽどひどい転び方をしないと、血の出る傷はできても、青タンはできないわよ。だとしたら、よっぽどの力でぶったってこと……」

安江まで、疑惑を裏づけることを言い出した。あんなに小さな子供にあざをつけようとしたら、吹っ飛ばされるくらいの勢い、もしくは押さえつけてぶたないと無理だろう。

どうして睦美はそんなことに気づいてしまったのか。一件落着だと思ったのに——。

妙子は手のひらの汗を、割烹着の前で強く拭った。

7

冬晴れの、北風の強い日曜日。今日はバレンタインデーだ。

東武《とうぶ》スカイツリーライン竹ノ塚《たけのつか》駅から、五番目の停留所でバスを降りたとき、妙子はその事態を想像すらしなかった。秀一の暮らす二階建てアパートの一〇三号室は、一見なんの変哲《へんてつ》も感じられなかったからだ。

夕方四時を過ぎていた。ノックに応答がないので、いつものように裏手へまわった。一〇三号室の窓には、レースのカーテンは引かれておらず、部屋の中が丸見えだった。

「え？」

カーテンもなにも、室内には家財道具が一切なかった。六畳間に置かれていた小さなカラーボックスも、その奥、台所のテーブルや椅子も、なにもかもがなくなっていた。

「どういうこと?」

慌ててアパートの隣にある、大家の自宅のチャイムを鳴らした。心臓が激しく打っている。

「四日前に、引っ越していかれましたよ」

妙子よりもずっと年上と思われる大家の女性は、品のいい笑みを浮かべて告げた。

「寅《とら》さん、奥さまにも言わないで行っちゃうなんてねえ」

ワケあって別居中の妻だと伝えると、妙子は心底《しんそこ》気の毒そうな目を向けられた。

無論《むろん》「寅さん」は、フーテンの寅さんの意味である。秀一は多少の経歴を話していたらしい。実は大家の弟もそういうタイプだったらしく、「ひとところに落ち着けない男が、世の中には一定数いるのよ」と、理解を示してくれた。

「家賃はきちんきちんと納めてくれたし、きれい好きだったのね。掃除もちゃんとされてて、ほとんどクリーニングしなくてよかったから、敷金《しききん》もほとんどお返ししましたよ」

今どき珍しい欲のない大家は、秀一をほめてくれたが、行き先は知らないと、申し訳なさそうに言った。口ぶりからは、酒でのトラブルがあった様子もうかがえない。もっとも住まいは別棟《べつむね》だし、高齢ゆえ、気づかなかっただけかもしれないけれど。

「……お世話になりまして、どうもありがとうございました」

「いえいえ。もしこちらに戻ることがあるようだったら、またどうぞと、お伝えくださいな」

温かい言葉に救われ、妙子のショックは、少し軽くなった。

帰りの地下鉄千代田《ちよだ》線で、向かいの座席の見知らぬ人々を、妙子はぼんやりと眺めた。乗客の背後には暗いコンクリートの壁が、左から右へ、飛ぶように流れている。先日ふらりと秀一が食堂に現れたのは、実は別れを告げるためだったのかもしれない。

どこかであの人は、また遠くへ行ってしまう気がしていた。大家の言う通り、もう秀一は、ひとところに留《とど》まれない性質になったのか。

妙子は革《かわ》のバッグの外側から、小さなチョコレートの箱の角を、手のひらで確かめた。闇《やみ》の中に放り出された気分だ。せっかく積み上げたものが、また壊されたかのような。

しかし、自分を襲う感情は悲しみではなかった。

妙子は無性《むしょう》に腹を立てていた。

翌月曜日。昼の部。嵐皮社長が食堂にやって来た。

ポトフ定食とイガメンチを注文した社長は、妙子が厨房へ取って返そうとするのを、さりげなく引き留めた。あいさつを終えた安江は、向こうの客間で下膳している。睦美は厨房で洗いものだ。

「妙子さん、ご主人から連絡はあった？」

首を振り、昨日アパートを訪ねたことを話した妙子に、社長は告げた。

「実は勉強のために店を替わるって、電話がかかってきたのよ」

「へえ、そうですか」

わざと興味なさげに応えた。おそらく秀一は、社長には連絡しただろうと思っていたので、あえて自分は社長にコンタクトしなかった。いつまで経っても身勝手な夫を、一途《いちず》に求めていると思われるのは癪だ。妙子とて苦労をし、お江戸東京で築《きず》いた生活がある。

「今働いているのは、目黒《めぐろ》のお魚屋さん。隣で居酒屋もやっているらしいわ」

社長はいつもの妙子と違うことに、気づいているのか、いないのか、淡々と話を進める。

安江が手を動かしながら、チラチラとこちらをうかがっている。

「この間、妙子さんと一緒に厨房に立ったんですってね。気まぐれに訪ねたら、『いきなり手伝わされて面食らった。でも楽しかった』って言ってらした。そのとき驚いたらしいの。『女房は腕を上げた』って。ちょっと焦ったみたい。『負けてられない』って」

予想もしなかった話に、妙子は軽く目を剝いた。けれどうれしさを気取《けど》られぬよう、口元を引き締める。

「寺島さん、『塩の使い方を学び直したい』みたいなことを言ってたわ」

秀一は塩について語りつつ、さらなる勉強の必要性を感じたらしい。

「うまく塩を使わないと、塩分は悪者だと思う人が増えると心配してたわ。『罪悪感を持ちながら、食べてもうまくない。遠慮なくおいしいと思える料理を作るのが、料理人の使命だ』ですって。確かに日本人は、まだまだ塩分の取り過ぎと言われているわね。どうやらしばらく、ここへも来ないつもりのようよ」

秀一と睦美の会話を、妙子はまた思い返す。夫はそんな風に感じていたのか。

「塩は人体にとって両刃《もろは》の剣《つるぎ》だからね」

哺乳《ほにゅう》動物が生命を維持するのに塩分、すなわちナトリウムは欠かせない。野生動物は岩塩《がんえん》や土、温泉から塩分を摂取《せっしゅ》する。さらに肉食動物は、他の動物の血液や肉に含まれる塩も摂取できる。高度な文明社会を築いた人間は、塩分を効率よく摂取するため、塩を大量生産する方法をあみ出した。日本では、最初は土器《どき》で海水を煮詰め、それから藻塩《もしお》、塩《えん》田《でん》と、塩の製法が進化していった。

「古代ローマ人は、緑黄色《りょくおうしょく》野菜特有の苦みを取るために、塩《ソルト》をかけて野菜を食べたらしいの。それが『サラダ』の語源なんだけれど、野菜に含まれるカリウムが体内にたくさん留まると、生命にかかわる。必要以上のカリウムを体外に排出《はいしゅつ》するためには、塩化ナトリウムが有効なのね。大昔、飢饉で人々が命を落としたのは、塩をつけずに野生の草木《くさき》を食べたからだろうとも言われているわ」

「へえ、そうなんですか」

「塩は人体の必須《ひっす》成分だから、舌にある味蕾《みらい》は、ほかの味よりも塩分に敏感《びんかん》に反応するんですって。だから甘味や苦み・酸味は、単独よりも、塩と一緒に食べた方が味を強く感じるらしいの。スイカに塩をかけて食べるのはその典型ね。市販《しはん》の甘いお菓子にも、塩が必ず入っているし」

期せずして始まった塩講義に、妙子はテーブルの脇で目を丸くする。秀一の件は、すっかりどこかへ行ってしまった。

「だからなのか、『もっと、もっと』と、まるで依存症者が麻薬《まやく》をほしがるように、脳が塩に反応するらしいわ。気をつけないと、人は際限《さいげん》なく塩を求めてしまうということね」

「依存症」という言葉にドキッとした妙子だが、先に秀一の朗報に触れていたせいか、動揺は一瞬だった。

それにしても、塩にそれほどの中毒性があるとは知らなかった。それでは、様々な塩蔵《えんぞう》物《ぶつ》を食べざるを得なかった青森の人々が、塩辛いもの好きになるのも仕方がない。

「でも塩がなかったら、お漬けもんもできひんかったし、アジの干物《ひもの》も鮒寿司《ふなずし》も、味噌も醤油もできなかったですよねえ」

「そうなのよ。ソーセージやハム、ビーフジャーキーも、塩なしでは誕生しなかった」

社長はすっかり興が乗ってきたようだ。頬を紅潮《こうちょう》させて、今度はハムやソーセージのすばらしさを語り出した。

講釈《こうしゃく》はなかなか終わりそうにない。とても興味深いけれど、いつまでもこうしてはいられない。さっき駆け込みで、客がふたり入って来たのだ。

「あたし、一度だけドイツに行ったことがあるんですけど、あのソーセージとハムのおいしさ、忘れられませんわ」

やおら安江が近寄って来て、口をはさんだ。どうやら妙子のジレンマに気づいたらしい。

「ドイツでは国家資格を持ったマイスターが、ハムやソーセージを作っているからね」

社長は安江に視線を移す。

「そうなんですってねえ」

安江が愛想《あいそ》笑いを浮かべて、妙子の足先を軽く踏む。

「でも日本は自由だから、私は人を自宅に招いたとき、手作りソーセージでもてなすのよ」

「ええ？　あんなもん、家で作れるんですか？」

厨房に向かって、すり足でバックしていた妙子は、思わず止まった。

「もちろん。特別な技術はいらないの。慣れれば簡単。市販のものより、ずっとおいしいものが作れるわよ。防腐剤や発色剤《はっしょくざい》など、余計な添加物《てんかぶつ》も入らないし」

思わず食いつきそうになった妙子を、安江がドンとお尻で押し返し、「まあ、すごーい！　さっすが、嵐華家の社長さん」と大仰《おおぎょう》に両腕を広げた。

がっちりと立ちはだかった安江の背中に、妙子はうしろ髪を引かれる思いで、本来の仕事へと戻らざるを得なかった。

＊　＊　＊

あの日、秀一は最初から、別れを告げるつもりではなかったのか。それならそうと、早う言うてえさ。妙子の怒りは、すっかり治まる。せっかく会いに来てくれたことが、妙子から夫を遠ざける要因となったのは、皮肉《ひにく》なことではあるけれど。

秀一は自分を「女房」と呼んだらしい。昨日の嵐皮社長の話を思い出し、妙子の頬はっい緩む。引っ越しも転職も、自分にひと言もなかったことに腹を立てたが、正直な理由を女房に話すのは恥ずかしかったのだろう。

東京近江寮食堂で懸命に働き、料理が上達した妙子に、秀一は未来を見てくれた。「料理人に戻ろう。前に進まねば」と、今度こそ本気で誓ったに違いない。

ちょっと待っとけ。もっと腕を上げて、お前の目の前に現れたる。

そんな声が聞こえた気がして、妙子は踊り出したい衝動《しょうどう》をかろうじてこらえた。

「あっちはもめてるけど、妙子さんは朝からずっとご機嫌ね」

回鍋肉《ホイコーロー》定食をいつもより丁寧に盛りつけていると、下膳して来た安江がつぶやいた。安江には簡単に、秀一の転職のことを話してある。

「もめてるて、誰が？」

「あの三人よ」

いくらなんでもニヤけ過ぎたと、回鍋肉のトレイを抱え、のれんをめくって客間を見やる。すると、さっきまで和やかに食べていた千晶が慎二をにらみながら、なにやら苦言を呈していた。佐奈は二人の間で、困ったような顔をしている。今日は夜の部で久しぶりに三人一緒になったのだ。

「例のセクハラの件？」

「たぶんね」

「そうだと思います。さっき近くを通ったら、佐奈さんが『課長に言わなきゃよかった』とか言ってるの、聞こえましたから」

小声で睦美が口添えした。

妙子はよしとばかりにのれんをめくり、客間へ足を踏み出した。気分がいいので、若人の仲裁をしてやろうと思ったのだ。

「いらっしゃい」

向こうの席に回鍋肉定食を配膳し終え、客間の窓際にいる三人に近づいた。

「だから俺のせいじゃないって、言ってるじゃないすか」

「女の分際で偉そうに、男に逆らうなって言ったじゃない。本音では慎二君もそう思ってるんでしょ」

「思ってないですって。そいつの気持ちはたぶんそうだって、推測しただけですよ。さっきから言ってますけど」

千晶と慎二は、妙子のあいさつもそっちのけ。佐奈は目で妙子を追うばかりだ。

「まあまあ、そんなに大きな声出したら、ほかのお客さんに迷惑やで」

さして大声でないが、たしなめた。千晶と慎二は口をつぐみ、互いに目をそらす。

「どうしたん？　あの変態上司のこと？」

積極的に客の会話に入るのはよろしくないが、今の妙子は気が緩んでいる。千晶も不快感を示さず、以前詳しく話したことだしと、説明をしてくれた。

「佐奈ちゃん、例のセクハラ上司に、『触るな。次は会社の窓口に相談に行く』と、きっぱりと言ったんですって」

「おお、なんと。ついに」

「『触るな』なんて言ってません。『触らないでください』と、ちゃんと敬語を使いました」

どうでもいいところで、佐奈は唇をとがらせた。

「そしたらボディタッチはなくなったの。でも今度は、パワハラが始まったっていうんです」

千晶曰く、セクハラはピタリと収まったものの、今度は子供のような嫌がらせが始まったという。課長からの課内一斉《いっせい》メールが自分にだけ届かず、会議時間の変更を知ることができなかった佐奈は、大事な会議に遅刻した。しかもねちねちと嫌味を言われ、叱られたというのだ。

「工務店の担当替えもあって、佐奈ちゃんには、すごく交通の便が悪くて遠い店や、経営者が細かくてうるさい会社を割り振られたんですって」

「ほんまに、性根の腐った男やな」

「サイテーのハゲ男ね」

いつの間にか、安江が妙子の隣に座っており、相槌を打った。千晶は妙子のみならず、途中から安江にも聞かせるように話していたのだ。

「ほんで、そのサイテー男をかばった慎二君に、絡んでたんか」

「だからー。かばってなんていませんって、俺は」

おそらく慎二は、その上司の気持ちを代弁しただけなのだろう。が、言い方がまずかったのか、千晶にしては珍しく、慎二の言葉尻をとらえたようだ。

「そういう化石みたいな昭和男は、最後は勝たないと気がすまないんですって。『ダメだとわかってるけど、固いこと言わないで、ちょっとくらい許してくれよ、セクハラは長い間社会の潤滑油《じゅんかつゆ》だったんだから、少しは大目に見ろよ、拒否《きょひ》るにしても、男のメンツを立てて、花を持たせる方法でやってくれよ』と、思ってるに違いないと言っただけです。俺自身は一ミリも、セクハラOKなんて思ってない」

慎二は愛想笑いと真顔を、交互に繰り返している。いつもは感情を露《あら》わにせず、余裕綽々《しゃくしゃく》のイケメンも、さわやかスマイルを保つのに苦労しているようだ。

「だからね、そういうね、男にとってパラダイスな社会は、もう終わらせないといけないの。女性ががまんし続けることで築き上げられた偽《いつわ》りの世界には、真の幸福は訪れない」

慎二がマジ切れしそうなことに気づいたか、千晶はフォローするように言った。そしてバツの悪さをごまかすように、ブリ大根をパクパクと食べ、黙りこくっている佐奈に言う。

「今度こそ相談窓口に行きなさい。今がそのときよ」

「形式だけの窓口だったら、私、会社からもにらまれます。実際、そういう話は多いです」

佐奈も珍しく、はっきりと言い返した。彼女自身、正攻法《せいこうほう》ではダメだと思っているのだ。つい女傑《じょけつ》にそそのかされたと、後悔しているのかもしれない。

「そのときは、私が弁護士を紹介するから」

次の一手を切った千晶に、佐奈は少々怯《おび》えた目になり、いつもの自分に戻った。

「もう、勘弁してくださいよぉ。慎二さんが言ったみたいに、しばらくはシュンとします。心の底ではすっごく怒ってますけど、やっぱり課長には勝てないなーと思ったフリして、また次のチャンスをうかがうことにしますから」

次のチャンスがなにを指すのかわからないが、佐奈はそう言い、妙子と安江に向かって、テヘペロの仕草をしてみせた。もうこの話は終わりにしたいのだろう。

「そうやって逃げると、あなたの後輩たちがまた同じ目に遭う。これまでがんばってきた先輩たちの努力を、無にするようなことをしないで」

「こんなフツーの私に、そんな大役《たいやく》を押しつけないでくださいよぉ」

「なに言ってるの。フツーの女子が、フツーに生きていけるようになるためには、フツーの女子自身ががんばらないとダメなの」

「それじゃ、フツーじゃなくなっちゃう」

「だから、今基準でがんばってる女子が、がんばってると感じないですむ社会にしなきゃいけないの」

千晶のひと言を最後に、沈黙が訪れた。そろそろ閉店の時間だ。

若人の仲裁をと意気込んでいた妙子は、ほとんど口をはさめなかった。千晶の強靭《きようじん》な精神に圧倒されたのだ。安江も目を白黒させるばかりで、厨房と客間の間をうろうろしていた睦美も、もちろん傍観者《ぼうかんしや》だった。

「ごちそうさまでした」

黙ってコートを羽織った千晶を気にしながら、佐奈は愛想よく挨拶をしてきた。慎二も「回鍋肉うまかったっす」と如才なく言い、「ありゃ、デカいのしかねえ。すんません」と、財布から万札をつまみ出す。妙な雰囲気のまま帰宅するのはマズいと、客なりに気を遣ってくれているのだろう。妙子も安江も、明るい声で会計作業に入る。

目顔で挨拶をし、さっさと玄関へ向かった千晶を、「待ってくださーい」と佐奈が追った。キュウキュウという鳴き廊下の音が消え、玄関の戸が開く音が響いてくる。

「千晶さんみたいな人が、世の中の女性のデフォルトになったら、キツいっすよね」

慎二はのろのろとコートを着ながら、おばちゃんたちに、小声で同意を求めてきた。

「で、でふぉ……？」

「標準、みたいな意味です」

キョトンとした妙子に、睦美が小声で解説してくれた。安江は「その意味、あたしは知ってたけど」の顔で、「いいじゃない。世の中、強い女ばっかりになれば」と、すまして応じる。

「そや。セクハラに泣き寝入りする女がいなくなったら、こんなにええことはない」

「そう思います。みんながそうなら、私も強くなることに罪悪感を持たなくてすむ。夫に言いたいこと、思いっきり言っていいんだって、勇気が持てます」

「そんな世の中になったら、少子化に拍車《はくしゃ》がかかると思うけどなあ……」

こっちは古い世代だからと、つい本音がもれたのかもしれない。期待とは裏腹に非難《ひなん》を浴びせられた慎二は、聞こえるか聞こえないかの声でつぶやいてしまい、おばちゃん三人に、あらためてにらまれた。

8

昼の部。絵美里はほぼ毎日、ランチを食べにやって来る。陸をしっかりと膝に抱き、自分だけ食べて帰って行く。相変わらずスマホを見ることも多いが、陸に無理やり食べさせることはなくなった。だからほんの二、三十分しか食堂にはいない。そして、ずっと様子がおかしい。

ふと顔を向けると、必ずと言っていいほど、三人は絵美里と目が合ってしまうのだ。彼女の目は、終始なにかを訴えているようなのだ。

最初と最後にあいさつはするし、安江はそれ以外にも話しかけている。睦美もこっそり陸にお菓子を持たせ、なんちゃって親戚の役割を果たしているつもりだが、足りないのか。それともまだ、こちらの目を意識せざるを得ない、なにかがあるのだろうか。

「絵美里ちゃん、なーんか言いたそうなのよねえ」

「私もたずねたんですけど、黙って首を振るだけでした」

「なんであんなに、私らの顔を見るんやろ」

「旦那さんと、うまくいってないのかも」

「まったく家に帰って来《こ》うへんとか？」

「子供に手をあげているのを、止めてほしいのかもしれません」

睦美は青タンの件を、ずっと気にしている。

「それね、あたしもこの間は、叩いてるかもと疑ったけど、やっぱり考え過ぎだと思うの。だって絵美里ちゃん、虫も殺さぬ顔してるし、りっくんもママに懐《なつ》いてるし」

もしも日常的に虐待《ぎゃくたい》をされているなら、子供はどこかで怯える仕草をするはず、陸にはその兆候《ちょうこう》が見えない、というのが安江の見解である。

「人は見かけによらんけどな。でも、りっくんをぶってないと私も思う。仮に昔はやってたとしても、今はもうないのとちがうか」

「では、なにが言いたいのでしょう？」

昼の部を終えた三人は、賄いメシを前に考え込んだ。さっきまで明るかった空が、にわかに曇ってきた。

「海苔と卵が、きれいにくっついてます」

絵美里の話題からいったん離れようと思ったか、睦美が海苔巻き卵焼きを食べてつぶやいた。

卵焼きにくるくるとマーブル状に巻かれた焼き海苔は、乾燥したまま巻きこむと、油や卵液《らんえき》をはじき、食べるときに海苔と卵がはがれてくずれやすい。海苔を置くや否《いな》や、卵液で覆うと、卵の層が厚くなり、焼き海苔をたくさん巻けなくなる。このとき焼き海苔を、ちょいと霧吹《きりふ》きして湿らせれば、卵液とすぐになじみ、海苔が縮むのも防げるので、くずれない海苔巻き卵焼きができあがる。

「乾燥した海苔を湿らせるなんて」

「ちょっとした工夫で、素材はうまくまとまるから」

妙子は得意げに、ごぼうサラダを歯でバリバリと言わせた。青森県産のこのごぼうは、冷たい土の中でじっと耐えていただけあり、武骨《ぶこつ》で滋味深い味がする。

「それよ」

黙々と箸を動かしていた安江が、言葉を発した。

「ちょっとした工夫よ。やっぱり、向こうから言わせないと」

「向こうから言わせる?」

「そう。たずねても言わないのは、きっと言いづらい、言ってはマズいことなのよ」

「ははあ、なるほど」

「私たちエセとはいえ、親戚を自負《じふ》してるんだから、気がかりは相談してもらえるように、もっと絵美里ちゃんとなじまないとダメなのよ」

前歯に貼りついた、鮭の混ぜごはんの細切りしそをチラつかせ、安江が言った。

「それにはちょっと工夫をしなきゃ。ねえ、親戚でお食事会をするってのはどう？」

「それ、ええかも」

営業中は長話ができない。だから長く一緒に過ごせる機会を設ける。実に簡単なことである。

「そういう席なら、きっと和んで、言いづらいことも話しやすくなるかもしれませんね。絵美里さんの好きなものを用意すれば、喜んでもらえそう」

海苔巻き卵焼きを箸でつまんだまま、睦美は明るく言った。三人はうんうんうんと何度もうなずき、同じタイミングでご飯を頬ばる。

「絵美里ちゃんの好きなものって、なあに？」

「確か……ハムとかソーセージと聞いた気がします」

「それはりっくんが、お菓子以外で食べられるもんと同じやな」

「家ではそればっかり、食べさせてるのかも」

「絵美里さんは豚カツも好きですよ。ソースいっぱいかけてます」

三人は昼食そっちのけで、お食事会のプランについて議論し始めた。

「ソーセージを炭火《すみび》焼きするとおいしいけどなあ」

「この寒いのに、庭でバーベキューは勘弁して」

「ソーセージが主役のお料理って、なにがあるでしょうか」

野菜炒め。ポトフ。ピラフ。チーズフォンデュ。ホットドッグ。アメリカンドッグ……。

ソーセージが主役でない料理も含め、数え出したらキリがない。

「洋風なら、どんな料理に入れてもいいからね、ソーセージって」

「和風も合いますよ。子供の小さいとき、私はおでんに入れました」

「そうやんなあ。ほしたらハムは？」

サラダ。ハムカツ。ハムステーキ。サンドイッチ。ハムエッグ。スパゲティナポリタン、ちらし寿司に入っているのも、見たことがある。こちらも枚挙《まいきょ》にいとまがない。

「それにしても、イマイチありがたみがないのは、どうしてかしら」

もはや庶民《しょみん》の胃袋の友になったハムやソーセージは、おもてなし感からは遠くなる。高級専門店のハムやソーセージを準備するのも手だが、あまり金がかかるのは考えものだ。いやらしさが漂い、かえってよそよそしくなる。

普段着の食卓に招かれたと感じてほしい。そしてちょっとだけ、こだわりの一品があれば、もの珍しさで会話もはずむだろう。

「あ、わかった」

味噌汁に口をつける寸前、妙子はひらめいた。

「ソーセージを作ったらええねん」

「え？　ソーセージって、家で作れるんですか？」

睦美は先日の妙子のように、目を丸くした。安江はポッと口を開け、思い出したようだ。

「そういえば、意外と簡単に作れるって言ってたわね、嵐皮社長」

「あの社長さん、そんなことまでなさるんですか」

睦美は嵐皮社長の守備範囲の広さに、あらためて感銘を受けている。彼女を知る妙子と安江は、当然とばかりにうなずく。

「お手製のソーセージなんて、私なら感激して涙が出ます！」

睦美は頬を紅潮させ、祈るように両手を組んだ。安江は早くも壁のカレンダーを指さし、日程を考えている。妙子は急いでごはんをかき込む。嵐皮社長に電話をかけ、作り方を教えてもらわねばならないからだ。

雲が移動し、再び窓の向こうが明るくなった。かくして絵美里親子との食事会のメインディッシュは、手作りソーセージに決まった。

二月も下旬に入った土曜の昼の部のあと。絵美里と陸が、東京近江寮食堂にやって来た。四日前「親戚でごはんを食べない？」と誘ったところ、絵美里は戸惑いながらも、うなずいてくれたのだ。

「寄り合いは、久しぶりです」

いつもの食堂と異なる卓上の風景に、絵美里は懐かしさを覚えている。小学生のころ、祖父の法事《ほうじ》で親戚宅に行ったのを最後に、彼女は手作り大皿料理の並ぶ食卓を見ていないという。

「土曜日は夜の部がないし、ゆっくりして行ってや」

「りっくん。ばあばのお膝にいらっしゃい」

大正ロマンなメイドエプロンとカチューシャを外した安江は、お誕生日席で催促《さいそく》した。床の間の前に座った母親に、べったりとくっ付いていた陸は、安江が手にする飴せんに吸い寄せられ、疑似ばあばの膝の上にすっぽりと納まった。絵美里が手土産に持参してくれたシュークリームは、冷蔵庫の中だ。

「さあ、いただきましょう」

安江のかけ声に、みんなで手を合わせた。絵美里には妙子が対面し、妙子の隣には睦美が座っている。

「おいしそう」

皿や鉢の上には豚カツのミルフィーユ風、アボカドのポテトサラダ（市販のハム入り）、お煮しめ（こんにゃく、大根、にんじん、昆布、厚揚げ）、コールスロー（子供向けと大人向けの二種類）、ブリの塩焼きが盛りつけられ、個別に牛スジカレーが供された。奇をてらわない、身内の食卓である。

「絵美里ちゃん、群馬県出身やし、群馬の料理を考えたんやけど、こんにゃくしか思いつかんかってな」

若い絵美里が、故郷の郷土料理をどこまで欲するかはわからない。陸のジジババについてたずねたときもはぐらかし、何年も帰省していないと言っていたのも記憶にあった。故郷にいい思い出がある人ばかりではない。けれど親戚としては、絵美里を想う気持ちを示したかった。

「おいしい」

絵美里はうれしそうに、ゆっくりとこんにゃくを嚙んで飲み込んだ。一連の動作には、とりあえず嫌な記憶がありそうには見えない。妙子は少しホッとして、煮汁の浸みた大根をゆっくりと食《は》んだ。

「お肉、トロトロですね。……あれ？　このカレー、大根……ごぼうが入ってる」

牛スジカレーをスプーンですくい、絵美里が不思議そうに言った。

「これ、元はなんの料理か、わかりますか？」

きょとんとした絵美里に、睦美が種明かしする。

「一昨々日《さきおととい》の牛スジ煮こみよ」

三日前の夜の肉系定食メインに、牛スジ肉の味噌煮こみをこしらえたのだが、思ったほど注文が入らなかった。魚系メインが、旬の子持ちカレイの煮つけ、中華系が酢豚《すぶた》だったので、そっちにそそられた人が多かったようだ。余った牛スジ煮こみは、翌日の小鉢に使ってもよかったが、玉ねぎを足して、牛スジカレーに変身させたのである。

「牛スジ煮こみって、こんなにおいしいカレーになるんだ……」

キツネにつままれたような面《おも》もちの絵美里に、妙子はほくそ笑む。すでに煮こまれた牛スジと大根、にんじん、ごぼう、こんにゃくは、カレー投入後にほとんど煮こむ必要がないばかりか、味噌とカレーが合わさり、独特のコクが出る。青森県の味噌カレー牛乳ラーメンにヒントを得たのだが、時短メニューにして最強といっていい一品になった。

「カレー味のこんにゃくもおいしいわね」

安江は陸の頭を撫でた。飴せんかじりに没頭《ぼっとう》する陸を膝の上に抱いた安江は、ばあばというより、じいじの貫禄《かんろく》である。

「では、そろそろ」

箸も進み、座が温まったところで、妙子は厨房へと向かった。絵美里は好奇心をたたえた目で、妙子のうしろ姿を追う。

「あら、りっくん、行っちゃうの？」

食べかけの飴せんを手にした陸が立ち上がり、母の方へと歩き出した。睦美はみんなに、減った分のお茶を注ぎ足してゆく。陸だけはプラスティックコップの水である。

やがて湯気の上がる皿と、ケチャップ、マスタードを手に、妙子が戻って来た。

「一から手で作ったソーセージです」

ややくすんだ色の、一本一本、長さが微妙に異なる焼き立てのソーセージが、ロメインレタスの上に並んでいた。

「絵美里ちゃん、ソーセージやハムが好きなんでしょう？　それで喜んでもらおうと思って、妙子さんと睦美さんが丹精《たんせい》こめて作ったのよ」

「私はちょっと手伝っただけです」

「いや、睦美さんがいてなかったらできひんかった。羊の腸《ちょう》、ケーシングていうらしいけど、このうっすい腸の中に、肉ダネをきれいに入れるのが難しいてな。どうしても空気が混じってしもて、見た目はボコボコして不格好《ぶかっこう》やけど、味はええで。保証するわ」

肩や背中を陸に叩かれながら、絵美里はソーセージに向かって瞬《まばた》きを繰り返す。驚きで声も出ない様子だ。

「まずはなにもつけないで、食べてみて」

「りっくん、ママを叩かないの。ほら、これ食べて」

睦美が陸の元へ行き、ソーセージのかけらを食べさせた。陸はすぐに、舐めるように噛み出す。再びおとなしくなった子供に安心したのか、絵美里はおずおずと、茹でられたあと、フライパンで焼かれたソーセージを皿にとった。

発色剤や添加物が入らないソーセージに、絵美里は歯を立てた。すると、やぶれたケーシングの間から、澄んだミートジュースがはじけとび、絵美里の唇と顎をぬらした。

「プリップリでしょう?」

「こんなに豚肉がおいしいなんて、思わなかったでしょう?」

睦美と安江が試食時の評価そのままに、感想を要求しながら、それぞれソーセージに手を伸ばす。脂身多めの豚肉と塩、そしてわずかなにんにくと胡椒、ナツメグで味つけしたシンプルなソーセージは、ストレートに豚肉のうまみが味わえるのだ。

絵美里は黙ってうなずきを繰り返し、一心にソーセージを食べ出した。

すごくおいしい。

言葉にされなくとも、伝わってくる食べっぷり。妙子はうれしくなった。

ただ、妙子の手作りソーセージ評は、安江と睦美とは少々異なる。確かにソーセージは、豚肉を大変おいしくいただける食べ方だ。けれど雑味《ざつみ》のないソーセージを、目を閉じて噛んでいると、塩のうまみが口中に広がる気がするのだ。肉と脂の間に浸みたその塩分に、丸い甘みさえ感じるのは、秀一が「塩のうまみ」などと、小賢《こざか》しい表現をしたからか。

「肉の温度が上がると、粘らないいんだって。でもよくつぶさないと、ハンバーグみたいになるの。だからこの寒いのに、厨房の窓を全開にして、ボウルや手を氷で冷やしながら、太い指で妙子さんはこねたのよ」

ひき肉をくっ付けるのは、たんぱく質の性質を利用しているのだが、ここで活躍するのが塩である。塩を肉に混ぜこむと、塩溶性《えんようせい》の筋原線維《きんげんせんい》たんぱく質からミオシンという物質が出て粘り気を帯び、保水性と結着性《けっちゃくせい》が増す。ただしミオシンは低温でないと効果が出ない。だから肉ダネの温度を、十度以下に保たねばならない。とまあ、こむつかしい嵐皮社長のレクチャーに従い、三人は力を合わせてがんばったのである。

「絵美里さん、なにか悩んでるみたい、励まさないとって、妙子さん、手を真っ赤にしてこねたんですよ」

「睦美さんも、がんばってくれたで。さっきから偉そうに言うてる安江さんは、動物愛護無視のミンクのコートに、くるまってただけやけど」

「あれはシルバーフォックス。もう何十年も前に買ったものだから、許して」

「アイディアは安江さんが出したから、いいじゃないですか」

「え？　睦美さんやろ？　ソーセージ作ろうて言うたんは」

「それ、妙子さんです」

ワイワイうるさい、エセ親戚を前に、突如絵美里は両手で顔を覆った。

「……私、私、ソーセージとハムが、お母さんの味なんです」

「あらぁ、ソーセージが、おふくろの味なのぉ？」

安江があきれたような声を出した。慌てて妙子と睦美は、無言で安江をたしなめる。ハッと安江は肩をすくめ、お口チャックのジェスチャーで反省ポーズだ。

そんなおバカな三人に気づくことなく、絵美里はうつむいたまま、自分の過去を語り始めた。

「……お母さん、あんまり料理は上手じゃなかったんですけど……子供には作ってやらなきゃと思ったみたいで……。肉とか魚は扱うのが難しいって、全部の料理にソーセージやハムを入れたんです」

焼きめし。味噌汁。野菜炒め。巻き寿司。カレー。肉じゃがならぬ、ソーセージじゃが。卵とハムの炒めものは定番だった。豚バラ肉の代わりにハムのお好み焼きだったし、気まぐれに手作りされたハンバーグにも、みじん切りのハムが混ざっていたという。

「お母さん、今はどこにいらっしゃるの?」

「ある日突然、ひとりで家を出て行ったんです」

安江の質問に、絵美里がぽつりと応えた。三人に衝撃が走る。

「小学六年生のときです。父が追い出したのか、母が父を見限ったのか、どっちかわかりません。両親は仲が悪かったし、父はよく外泊して、お金も家に入れてなかったみたいだったから……。母はパートに行ってたけど、兄もいたし、生活キツくて嫌になったんじゃないかな……」

つらい子供時代を、絵美里は過ごしたらしい。

「それ以来私、ソーセージとかハムばっかり食べてるんです。毎日毎日。大人になっても、子供を産んでからも、そして子供にも食べさせてしまって……。でも食べさせるたびに、嫌になるんです。自分もお母さんと同じこと、するんじゃないかって」

絵美里の隣で、睦美が陸の頭を撫でた。陸は我関《われかん》せずで、睦美からもらった細めのアップルパイ菓子をくわえている。

絵美里の父親は横暴《おうぼう》な人だったらしい。母親が出て行った直後は反省の色も見えたが、次第に元に戻ってしまった。兄はグレてしまい、家財道具が壊されたり、妙な人間が出入りしたりと、家の中は荒れた。父親から渡される金だけでは生活できず、絵美里はアルバイトをしながら家事をこなし、高校に通った。

どうしたらこの家から出られるか。そればかり考えていた。高校卒業後、逃げるように上京し、母親を探しながらバイトをかけもち、派遣仕事で生活した。上京後は一度も故郷に帰っていないという。

「いつも思うんです。どうしてお母さんは、あのとき、私を一緒に連れて行ってくれなかったのかって……」

それを聞いた睦美は、突如がばっと身を起こし、ケチャップの容器をつかんだ。そしてロメインレタスだけになったソーセージの白い皿に、ケチャップ文字を書き始めた。

がんばれ　えみり

書き終わった睦美は、ひと仕事終えたとばかりに、大きく息を吐き、ケチャップ容器のふたを閉めた。

そうだ。それだ。ようやく妙子に、絵美里にかけてやるべき言葉が見つかった。

「絵美里ちゃん。お母さんに『なんで連れて行ってくれんかったん』て言いなさい」

「そうよ。言わないから、いつまでも腹が立つのよ。言っても、腹が立ったまんまかもしれないけど、言わないよりマシよ」

あうんの呼吸で、涙声の安江が続く。安江の両目の周りはマスカラがにじみ、グーで殴られた人のようになっている。

「どうやって言うんですか？　お母さん、死んじゃったのに」

二年ほど前、母親は病気で死んでいたと、音信不通だった兄から突然連絡があったらしい。

「今、ここで言うんよ。言うたらええんよ」

けれど妙子は、けしかけた。人間、言いたいことを心の中にため込んでいると、ろくなことがない。

「そうです。ここで言ってみて。天国のお母さんに聞こえるように、大きな声で」

睦美も励ます。

「大丈夫。ご近所も窓を閉めてるし、この家の周りは塀に囲まれてるから、誰にも聞こえない。安心して」

安江に勇気づけられると、絵美里は絞り出すように、小さく言葉を発した。

「どうして……私を連れてってくれなかったの……」

涙声でなじる絵美里に、みんなが身を乗り出した。

「もっと、もっと言っていいのよ」

「……お母さんの……バカ」

「いいわよ、その調子！」

「お母さんの、バカ野郎」

「おめ、言えるでねが！」

「バカー。連れてけよー。ひとり娘なんだからさあ」

「んだんだ、そん通りだべ！」

「置いてくなよぉ。鬼母ぁ！」

「もっと言うたり！　アホんだらのお母ちゃんに！」

延々と母親を罵倒する絵美里を、三人は応援し続けた。甲高い怒声《どせい》とおばちゃんたちのエールがこだまする客間で、満腹になった陸が、絵美里の膝に抱かれて眠っている。

やがて吐き出す言葉がなくなったのか、絵美里はひっくひっくと、しゃくりあげるだけになった。

「気がすんだ？」

涙が涸《か》れてしまった絵美里は、ぽつりと「鬼母は私」と、つぶやいた。

「なに言ってるの。あなたは、けっして鬼母なんかじゃないわ」

「こんなに子供の栄養を考えてる鬼母は、いませんから」

「もう無理やり食べさせてへんし、子供も叩いてへんやろ？」

「いいえ。違います。私は鬼母です。だって私、子供を檻《おり》に閉じ込めてるんだもの」

「えええ？」

衝撃的告白に、三人は目を剝いた。

「空《そら》を家に閉じこめて、私は陸と外出してるんです。空は上の子で、まだ二歳半。ひとりじゃ、なんにもできない子供。だから、私は鬼母です」

もう隠し事はありませんというように、絵美里は感情のこもらない声で言った。そして自分のスマホを作動させ、ひとつの動画を映し出し、三人に見せつけるようにした。

画面の中では、薄緑のカーペットの上に設置された、四方を檻のように囲む小さな柵《さく》の中で、陸より少し大きい幼児が、ひとり立ちつくしていた。

＊　＊　＊

「おかえり。どうやった？」

「児童相談所の人、落ち着いた感じでいい人だった。保健師さんも、前の担当者が産休に入って、若くてやさしそうな人に替わったわ」

絵美里とふたりの子供に付き添い、保健センターを訪れた安江は、厨房の作業台の脇に腰を下ろし、妙子と睦美にそう報告した。

あの日、絵美里はすべてを打ち明けたのだった。

実は絵美里は、一度も結婚せずに子供を産んでいた。ふたりの育児にてんてこ舞いになって、すぐに仕事に行けなくなり、一年半ほど前から生活保護を受給し始めた。

陸の兄・空は二歳六か月。陸とは父親が異なる。空の父親がひどい男だったせいか、陸が生まれてから、その男に似た空をかわいいと思えなくなった。空に罪はないと思いつつ、反抗期を迎えた空に、絵美里は手をあげるようになった。そのストレスからか、空は陸をいじめるようになり、陸にものを投げつけたり、突きとばしたりした。陸に青タンが見られたのはそのせいだった。

空に手をあげてはいけない。けれど、どうしても感情が抑えられない。叩かないためには、子供を置いて家から出るしかない。

でも陸だけ連れて行くのは、空がかわいそうだ。自分も母親と同じことをしてしまうのか。ソーセージやハムばかり食べさせている自分は、その素質は十分だ。

そんな葛藤《かっとう》に追い詰められた絵美里は、ふと訪れた食堂で、にわかにできた疑似親戚に、状況をどうにか打破してくれないかと、助けを求めていたのだった。

「まさか、スマホでもうひとりの子供を監視《かんし》してたなんて、思いもよらなかったわ」

「ケースワーカーさんも、上の子を外に出してないことに、気がつかへんなんてなあ」

「そういうの、なかなかわかんないみたいよ。保健師さんが言ってた」

「そやけどお金ないのに、よううちに、毎日来れたもんやな」

「そこなんだけどね。実は彼氏がいたんだって。子供たちのお父さんじゃない人」

「あれま」

「ときどき気まぐれにやって来て、気がすんだら、お金置いて帰ってくんだって」

「そんなことも、打ち明けたんか」

「ずっと、そんな自分が嫌だったって。もう連絡しない、会わないとも言ってたわ」

絵美里の心の闇は、相当深かったようだ。生《お》い立《た》ちを考えれば、それもやむなしか。けれど助けを求めることができたのだから、立ち直る日は近いと信じたい。

「空ちゃんはいったん保護されるけど、『早く一緒に住めるように、これから養育環境を一緒に考えていきましょう』と言われて、絵美里ちゃん、ほんとにホッとしたみたい」

「そうか。そら、よかった」

妙子は胸を撫でおろす。子供は安全な場所で、安心して生活するのが一番だ。

「だじゃれですね」

「は？」

「空、よかった」

珍しく冗談めいたことを言い、睦美はにっこりした。柔らかな睦美の笑顔に、妙子も安江もつられて笑う。今さらながら、人助けをした実感がわいてきた。

「睦美さん、すっかり、私たちになじんだわね」

まずは一件落着。そろそろ夜の営業に向けての準備だと、安江は化粧ポーチを手に取った。妙子も立ち上がり、使い終わった湯呑をシンクに運ぶ。

「みんな、なにかと闘ってるんですね」

睦美は自分の湯呑を握りしめ、丸椅子から離れようとしない。いつもは率先して働き出すのに。

絵美里の件がよほど心に響いたか。状況は違うが、睦美もモラハラ夫（疑い）と、長年家の中で闘ってきたせいだろうか。

「東京に来てよかったです。仕事して、本当に視野が広がりました」

「前にもそんなこと言ってたわね。いったいこっちに住んで、何年になるの？」

ようやく腰を浮かせた睦美に、安江が訝《いぶか》しげにたずねる。

「一か月半です」

「はあ？」

安江と妙子は驚いた。ということは、東京に越して来たばかりだったのか。

「私、実は青森からとび出してきた、家出主婦なんです」

「家出？」

和えもので持ち重《おも》りする冷えたボウルを抱え、妙子はゆっくりと閉まってきた、業務用冷蔵庫のドアに腕を叩かれた。安江は右目のまつ毛をビューラーで挟んだまま、両目と口を大きく開け、そのまま固まった。

9

「睦美さん、ほんまは弘前市に住んでんの？　東京に来たのは、正月明けてすぐ？」

衝撃の告白から四時間あまり。家出主婦と聞かされた直後、どうでもいいセールスの電話が鳴ったり、スーパーすずきやから配達の品が届いたりで、なし崩し的に営業準備に突入したため、睦美の話はいったんストップした。

今夜の客には悪かったけれど、気もそぞろに夜の営業を終えた妙子と安江は、玄関の札を「準備中」に返すや否や、厨房で睦美を質問攻めにした。

「生まれは八戸市だって、言ってなかった？」

「生まれ育ちが八戸で、結婚してからは弘前市です」

「もしかして、お姑さんと住んでたん？」

「はい。結婚してからずっと同居で、今も弘前の自宅におります」

「ご主人が単身赴任っていうのは嘘？」

「いいえ、本当です。仙台《せんだい》に単身赴任中です。娘が結婚して孫がいるのも本当です。息子とは弘前の家で、同居してますけど」

三人は「いただきます」を省いて、賄いメシに箸を動かす。両耳に全神経が注がれているため、味覚の方がおろそかになり、舌は惰性《だせい》で食塊《しょっかい》を胃袋へ送り込むだけだ。

「なんで家出なんかしたん？」

「プッツと、キレちゃったんです」

睦美の話をまとめると、こうなる。

睦美が結婚したのは、弘前市の旧家《きゅうか》の長男・光男《みつお》で、年齢は睦美より九つ上だ。舅《しゅうと》は市会議員も務めた地元の名士《めいし》だったが、光男は地盤《じばん》を継がずに、自分の高校の先輩の経営する地元企業で働いている。

睦美の短大時代、合コンまがいの海水浴にグループで行った際、友人が連れて来た男性の中にいたのが光男だった。もの知りで頼れる大人。しかも裕福な家の息子だ。短大卒業と同時に結婚することになったときは、周囲にうらやましがられたものだった。

南部八戸の自由でのんびりした家で、両親・兄姉にかわいがられて育った睦美は、ろくに家事も教わらないまま、旧家に嫁《とつ》いだ。当然のように同居となった義父母は典型的な津軽人夫婦で、睦美は叱責《しっせき》されることもしばしばだった。

それでも年子《としご》で長女・長男を授《さず》かると、不満を感じる間はなく、日々が過ぎて行った。

旧家の嫁として、光男の言う通りに生きてきた睦美だが、長女が高校生になったあたりから、ふと疑問がわいた。ちょうど他界《たかい》によって舅の介護が終わり、子供も手が離れたからだろう。パート仕事がしたいと夫に相談すると、速攻でダメ出しされた。金に困っていないのに、なぜ働きたがるのかと不思議そうな顔すらされた。なにかしたいなら、稽古《けいこ》ごとにしろと言われ、やむなく刺繡《ししゅう》などを習って気をまぎらした。

「やっぱり、横暴なご主人への反発が原因だったのね」

「主人だけではありません。姑にも、娘にも、息子にも。そして自分自身にも」

舅の介護を姑は一切やらなかったくせに、さも自分がやっているかのように、周囲に苦労をとうとうと語った。睦美のやる家事が気に入らないと、未《いま》だに実の娘（光男の妹）に、陰口をたたく。持病の内服薬《ないふくやく》の管理ができないのを見かねて手伝うと、バカにするなと怒り、誤って自分が捨てた薬の不足を睦美のせいにする。

現在二十五歳の長女・舞《まい》は、二十三歳で高校の同級生と結婚し、ほどなく女の子、つまり睦美にとっての初孫《はつまご》を産んだ。車で十五分ほどの場所に住んでいるため、週三のアルバイトの日は、実家に孫をあずけに来る。保育園代を節約するためだ。娘夫婦だけで遊びに行くときに、あずけに来ることもある。孫の子守《こも》りの日は、外出できない。姑はひ孫の世話はできない。孫はかわいいが、友人にも簡単に会えず、これは違うと再び思うようになった。

二十四歳の長男・友樹《ともき》は、東京の二流と三流の間くらいの大学に進学。卒業後はそのまま東京で就職もしたが、一年足らずで故郷に戻った。その後は恐れていたニート状態。将来について問うと、診療放射線技師《しんりょうほうしゃせんぎし》の大学に編入学するだの、友人と起業するだのと、どこまで本気かわからないことを並べる。そして、どちらもいっこうに実現する気配がない。その体《てい》たらくを、姑は睦美のせいにする——。

「私、『明日こそ、孫はあずかれないと言おう』と思いながら、結局言えませんでした。根負《こんま》けして、息子にも結局、お小遣いを渡してた。姑の言う通り、私のせいで友樹はダメになったんです」

自分で自分を突き放すように言い、大根の葉とちりめんじゃこの混ぜご飯を、睦美は口に運んだ。

「息子さん、ダメってことはないでしょ。若いんだもの。これからよ」

「姑に『薬は自分が捨てたんでしょ』と言ってやろうと思ったけど……。友樹のこと、姑の言うこともっともだから、言えなかった。でもばっちゃがあんなに甘やかしたのも、よくなかった……」

悔しそうな、悲しそうな睦美に、妙子と安江はなんと言葉をかけていいのかわからない。

睦美はいろんな葛藤を抱えているのだろう。

「子供たちはともかく、好きで結婚した人の親だと思えばこそ、姑にもつくしてきました。でもその主人が……仙台に行って一年半ですけど……実は不倫《ふりん》していたんです」

「えええっ」

妙子は大根煮にかかったそぼろ餡《あん》を、吹き出しそうになった。安江はだいぶ咀嚼の進んだ青椒肉絲《チンジャオロースー》をご披露《ひろう》するかのように、口を大きく開ける。

「しょっちゅう、部屋に出入りしているみたいでした」

去年十二月に仙台のマンションを訪れた際、若見えする睦美は、夫の娘だと誤解されたらしい。「ゴミ置き場のドアの鍵を変えたので、お母さんに渡した。前の鍵は返却してもらいたい」と、偶然会ったマンションの管理人に言われ、どこかの女性が我がもの顔で、夫の部屋に出入りしていることを知ったらしい。実際、マンションの洗面台の下の棚の隅に、女性用化粧品や歯ブラシの入った紙袋を見つけたという。

「そんなわかりやすいところに隠しますか？　ちょっと整理するとき、私が見ること、わかりそうなものなのに。会社に持って行くとかしても、いいじゃないですか。女房が訪ねて来るんだから。でも主人はそうしなかった。見つかってもいいと、思っていたんでしょう。親の面倒を看させるだけ看させて。私、その日は部屋の掃除だけして、主人に会わずに弘前に帰りました。『うまい店に連れて行こうと思ったのに』と、途中の新幹線で電話を受けました。そのとき、ハッとしたんです。それまでもたまに、夫婦で外食に行くことがありましたが、必ず主人からの誘いでした。私の誘いに乗ってくることはありませんでした。そうか、そういうことだったかと、初めて気づきました。ずっとそうして騙《だま》されてきたのかと思うと、私、自分で自分が笑えて仕方ありませんでした」

皿の上の青椒肉絲のピーマンと牛肉を箸でかき集め、睦美は悔しそうに口に入れた。

「いろんなことを一緒に乗り越えてきたつもりだったのに、主人は私を裏切ってた。対等な存在として、見られていなかったのです」

結婚して二十六年。去年は銀婚式《ぎんこんしき》だったというのに、息子の帰郷や、親戚の相次ぐ不幸、そして夫の仕事の都合などで、記念になることは結局できなかったらしい。

「東京に来て、夫婦とはなにかと考えました。今回の家出も、『ほとぼりが冷めたら、帰って来る。ひとりで生きたことのない、働いたこともない中年女になにができる』と、主人は子供たちに言ったらしいです」

「バカにしてるわね」

安江が悔しそうにつぶやき、妙子も大きくうなずいた。

失礼な話だ。家族のために生きてきた女房に、なんたる仕打ち。もし近くに住んでいたら、怒鳴り込んでやるところだ。

「でもご主人はともかく、息子さんたちは焦ってるんじゃない？　前によく電話してたの、向こうからでしょ？」

いっとき青森の言葉で頻繁《ひんぱん》に電話していた相手は、息子や娘たちだと、安江は思ったらしい。

「『しばらく家を出ます』の書き置きを最初に見つけたのは、息子です。そしたらどんな電話がきたと思います？『俺のメシ、どうすべ？』ですよ」

「甘《あま》う見られたもんやな」

「でもスーパーやコンビニに行けば、いくらでもお惣菜《そうざい》は買えますから、息子からのLINEもすぐに来なくなりました。頻繁にかけてきたのは娘です。タダでこき使えるベビーシッターがいなくなったからです。『田舎の嫁が嫌になったのはわかる。たまにはひとり旅もいいんじゃない』と言うので、やっとわかってくれたかと、『自分の時間がほしい、孫のお守りは勘弁して』と伝えると、『家を買うために、なぜ協力してくれない』と、怒ったんです。夫の方の親もいますが、共働きだし、娘も向こうの母親とは、あまり接したくないのでしょう。挙句《あげく》は自分たちが老後の面倒を看てやるから、恩を売っておけと言わんばかりでした。家を買う資金も、そのうち貸せと言ってくるかも。いいえ、貸せならいいけれど、半分出せになるかもしれない。ばっちゃは、『うちの嫁は南部女のくせに、こらえ性《しょう》がない』と、怒っていたとも聞きました」

「んまあ」

「主人は自分の単身赴任が原因だと思ったみたいです。姑とぶつかることが増えたからだろうと。もしかしたら、浮気がバレたことに気づいたかもしれませんが、もちろん家族には黙っているでしょう。でも私も、ご近所に家出が知れたら体裁が悪いから、ママはしばらく仙台に行くと説明するよう、息子に言ったから、どっこいどっこいですね」

秘密の保持に関して、家族とご近所を同列に扱うのは無理がある。でも睦美は、今この場で自分の気持ちを整理しているのだろう。

妙子と安江は、見たことも会ったこともない睦美の夫に、心底腹が立った。

「好きなだけ、ここにいたらええやんか。なんやったら、ここに住んだらええ」

「そうよ。二階の部屋は空いてるし、ずっと東京で暮らせばいいじゃない」

もしも睦美がここで暮らし、一緒に働いてくれたらどんなに楽しいことか。おばちゃんふたりは、全面的な支援を表明した。

「ありがとうございます。おふたりを騙してることが心苦しくて、早く打ち明けなくてはと、ずっと思ってました。バレないようにするのも大変で……。やっと言えました」

すっかり冷めてしまった味噌汁を、睦美はひと息に飲んだ。同郷の慎二と出身地についてろくに話さなかったのは、家出中とバレてしまうことを、うっかり口にしてしまうかもしれないと恐れたのだろう。

「妙子さんと安江さんのお気持ちは、とてもうれしいです。本当にここにずっといられたら、どんなに楽しいでしょう。……でも、私もちゃんと、闘わなくては」

ああ、そうだ。睦美とて、築いてきた家族との絆《きずな》をもう一度確認したくて、家出という強硬手段に出たのだ。そして妙子は考える。かつての秀一も、同じ気持ちで家を出たのかもしれないと。

「きちんと話し合わないといけない、自分自身と向き合わなくてはと思いました。言いたいことを言わないと、おかしくなる。孫の面倒を拒否するのは鬼婆みたいだと、強く言えなかった。息子にひとり立ちしてほしいのに、やさしい母親と思われたくて、つい財布の紐《ひも》を緩めました。怖いから、面倒だからと、姑に歯向かったこともありません。でもそれは、自分の人生を生きていないと、やっと気がつきました」

ここに来たときとはうって変わったように、きちんと自分の気持ちを話す睦美を頼もしく思う。そして同時に、睦美がここを去る日も遠くないと、寂しさが妙子の心を駆け抜ける。

「なぜ、このあたりに滞在することにしたの？」

安江も同様に感じたようだ。あえて本題には触れず、少し外した質問で、いつ食堂からいなくなるのか知るのを避けている。

「昔、息子のアパートがこのへんだったんです。大学に近いので。息子をたずねたとき、谷根千をお散歩するのが楽しみでした。それで千駄木にウィークリー・マンションを借りました」

外は風が強くなってきたようだ。妙子は耳を澄ます。ガタガタと窓枠を鳴らしている風は、睦美の本当の家のある、青森の方から吹いているのかもしれないと思った。

＊　＊　＊

千駄木二丁目のウィークリー・マンションを訪ねると、顔を赤く浮腫《むく》ませた睦美が、パジャマ姿で玄関のドアを開けた。

「わざわざ、すみません……」

「大丈夫？　起こしちゃってごめんなさいね。ささ、ベッドに戻ってちょうだい」

金曜日の朝、出勤して来た睦美はだるそうだった。熱を測ると、案の定発熱しており、すぐに受診させ、帰宅させた。幸いインフルエンザなど、性質《たち》の悪い病気ではなかったようだが、午後になって連絡をとると、睦美はろくに食べていないと言った。そこで妙子と安江は、夜の部の終了後、食料持参で見舞いに駆けつけたのだ。

「どう？　熱は下がった？」

「……ピークは過ぎたと思います」

　睦美は奥の居室にあるベッドに横たわりながら、力なく笑う。咳《せき》はあまり出ないようだが、昼間は三十八度七分まであったらしい。

「台所、借りるで」

　安江はしゃがみ、睦美のかけ布団の足元を手で押さえ、すき間をつぶしてやっている。妙子は小さなキッチンに立ち、料理の入ったタッパーを紙袋から取り出した。

「こういうマンション、初めて来たけど、結構居心地よさそうねえ」

　木製の引き戸越しに、安江の声が聞こえる。

　マンションの四階の1DKだ。四畳くらいの台所に置かれたダイニングテーブルには、小さな花瓶に水仙《すいせん》が一本、生《い》けられている。清潔で静かな台所で凛《りん》と咲く水仙は、まるで睦美の姿のようだ。

「あたしもこういう部屋で一回、亭主と離れて、ひとりで生活してみたいわあ」

一度もひとり暮らしをしたことのない安江が、うそぶく。睦美の声は小さくて、内容が聞こえない。ふと秀一は今、どんな部屋に住んでいるのだろうと、妙子の頭をよぎった。

「お待たせしました」

温めた料理を、妙子は居間に運んだ。白く四角いテーブルにトレイを載せると、睦美は大儀《たいぎ》そうに身体を起こした。

「黒にんにくがあったけど、睦美さん、ああいうの食べるの?」

電子レンジの上に置いてあった、彼女のイメージに合わない食品について、妙子はたずねた。

「風邪引いたから、食べてます。青森名産です。おいしいですよ」

病気に立ち向かうためだったか。妙子と安江は、試しにひとつずつ分けてもらった。

「甘くて、おいしい」

「にんにくフレーバーのフルーツみたい」

ふたりの感想に微笑み、睦美はベッドを背にして、カーペットの上の座布団に座った。安江がラメ入り黒ショールを、睦美の膝に素早くかける。

カーディガンの襟元《えりもと》を直して、睦美は箸を取った。トレイの上では、しょうが味噌おでんとお粥《かゆ》、じゃがいものポタージュスープ、熱いほうじ茶が湯気を上げている。

「いただきます」

箸で簡単に切れるほど煮こまれた大根と、煮崩れ寸前のちくわぶ、卵、さつま揚げ、鶏つくね、根曲《ねま》がり竹、こんにゃく、そして豆腐の部分が薄茶色に染まった厚揚げを、睦美は少しずつ胃に納めていく。

「味つけ、間違《まちご》うてない？　砂糖入れ過ぎた？」

「間違いなんて。妙子さんのしょうが味噌おでん、最高です」

「愛情がたっぷり入ってるもんね」

満足げに微笑んだ睦美に、妙子はホッとする。電話で、しょうが味噌おでんをリクエストされたときは焦った。すぐに安江の息子にネット検索してもらい、作り方を印刷した紙と足りない食材を届けさせたが、概《おおむ》ね成功したようだ。

戦後に広まったとされるしょうが味噌おでんは、今や青森の郷土料理だ。今はなき青函《せいかん》連絡船《れんらくせん》を待つ人々に暖《だん》を取らせようと、おでんにかける味噌だれにおろししょうがを入れたのが始まりだという。甘じょっぱく、とろみのあるしょうが味噌がかけられたおでんは、寒い冬にもってこいの煮こみ料理だ。

「これが入らんと、おでんやないていうから入れたけど、よう噛んだ方がええで」

根曲がり竹と呼ばれるチシマザサの筍《たけのこ》は、青森では雷竹《らいちく》ともいい、東北地方でよく煮ものに使われる細い筍だ。関西では姫竹《ひめたけ》と呼んでいたが、なにしろ筍、消化が悪い。風邪っぴきの熱にうかされた胃には、ちとよろしくないだろう。

「大丈夫です。私、胃は丈夫なんです」

睦美は苦笑しながら、根曲がり竹をかじった。ふるさとの料理を、心から楽しんでいる様子だ。風邪など、病で臥《ふ》せったとき、人はどうして、幼いころから食べているものを欲するのだろう。

「じゃがいもは案外ビタミンCが多いんやて」

「意外と食べられるわね。この分なら、風邪も早く治るわよ」

「妙子さんの料理がおいしいからです。私、こんな風にやさしく看病してもらったの、子供のとき以来かもしれません」

睦美は盛大に洟をすすり、ティッシュをつかんだ。三世代が暮らす家の主婦として生きてきた睦美は、家族の看病はしても、自分が寝込むことはできなかったのだろう。

睦美のスマホが小さく鳴った。どうやらLINEのようだ。

「……息子です」

しばらく画面を見つめていた睦美だが、やがてメッセージを読むために、スマホをタップし始めた。

それを機に、妙子と安江は腰を浮かす。食後の食器を洗ってやろうと思ったが、病人宅に長居は無用。もし電話でもかけるようなら、自分たちはいない方がいい。

「じゃあ帰るわね。明日も休んでいいから。土曜は昼だけだし」

「おでんとスープは、お鍋にまだ残ってるし、明日食べてな」

ふたりが順に告げると、睦美はすがるような目で見上げてきた。

「姑が倒れたらしいです」

「ええっ？」

「救急車で病院に運ばれて入院したと、息子から連絡がきました」

リンゴのようだった睦美の顔が、ますます赤く染まった。

「ご容体《ようだい》は？」

「頭痛と吐き気があったようですが、意識はあるみたい。ばっちゃは血圧が高いんです」

妙子も安江も、元の場所にストンと腰を下ろした。内容が内容だけに、「では、おやすみなさい」とはいかなくなった。

「いっぱい薬があるから、間違えたり、飲み忘れることがあるんです。友樹にそれとなく見てあげるように言ってたんですけど……」

向こうの状況を伝えながら、睦美はスマホで、息子とやり取りを続けている。

「あの子、ひとりで……。保険証の場所、わかったかな……」

若い息子は、おろおろしているのかもしれない。娘の舞は夫の友だちの家に呼ばれ、遠方に出かけており、光男も仙台だ。

「主人の妹が五所川原《ごしょがわら》から向かってるらしいですけど、車で一時間はかかるんです」

「ほんで、すぐ帰って来てくれて、言うてはんの？」

「はい。明日、朝一番で帰って来いと」

睦美は「法律の定めの通り、退職は二週間前に伝えます」と言ってくれたが、もしかしたら、すぐにでもいなくなるかもしれない。

「でもその身体じゃ、朝一は難しいわよ」

安江の言葉に、睦美は顔をしかめた。不安と心配が入り混じった表情だ。

「明日はやめた方がええと思う。とりあえず入院しはったんやし、せめて風邪が治ってからにしたら？　でないと、睦美さんまで倒れてしまうで」

「そうよ。今帰ったら、話がうやむやになって、なんのために家出したのか、わからなくなっちゃう」

ふたりは口々に言い募《つの》る。身体も心配だし、少しでも長く東京にいてほしいし、せっかく実力行使に出た睦美に、がんばってほしくもあった。

「私……千晶さんと一緒に、青森に帰りたい」

うなだれるように、睦美はつぶやいた。

「あの人と一緒ならこんな身体でも、言いたいこと、ちゃんと言える気がする……」

しかし睦美は、明日一番で戻るつもりなのだろう。病んだ身体で「闘う」のはなかなか難しい。弱った姑に、強くは言えないだろう。となると、やはり闘わずして元の生活に戻る公算大《こうさんだい》だ。

「ほんまやな。こういうとき、千晶さんが一番頼りになるのに」

「頼めないわ。だって週末は、大阪に出張だって言ってたもの」

睦美がぷっと吹き出した。本気で言ったわけでもないのに、おばちゃんたちがいつもの調子で、力《りき》みを取ってくれたからだ。

「私、『姑の大事だ、とにかく早く帰れ』と、言われると思いました」

睦美は晴れ晴れとした顔を、妙子らに見せた。

「私、自分のせいで、姑が倒れたような気になってました。責任をそっくり負おうとしてました。それじゃ元《もと》の木阿弥《もくあみ》。この機会をちゃんと生かそうと思います」

どうやら睦美は、思ったよりも強くなっている。と、思った瞬間、スマホを手にしたまま、疲れたようにベッドに上半身をもたせかけた。

「あたしたちが、ついて行きましょうよ。カバン持ちが必要だわ」

「せやな、そうしよ。こんな身体で、ひとりで行かせるのは心配や」

おばちゃんふたりは決意した。病人の付き添いという名のもとで、援護射撃することを。

「……いいんですか？」

睦美も素直に受け入れてくれている。やはりひとり旅は不安だと見える。

「うれしい。おふたりがついて来てくれたら、勇気百倍です」

「決定ね。明日はおばあちゃんのお葬式以来の、臨時休業よ」

安江がニカッと笑い、妙子も鼻の穴をふくらませた。明日の定食用にしょうが味噌おでんを仕込んでいたが、お蔵入りにするしかなさそうだ。

「飛行機、羽田発、明日の七時四十五分。三席取れそうです」

ささっとスマホで検索した睦美は、洟をティッシュで押さえながら言った。

「え、飛行機⁉」

妙子は悲鳴のような声をあげた。急に腹の力が抜け、お尻のあたりがざわざわしてくる。

「青森は遠いもの。やっぱり飛行機よねえ」

「妙子さん、どうかしましたか？」

「……飛行機、乗ったことないねん」

妙子の遠出経験は、新婚旅行で熱海《あたみ》に行った以外、秀一を探して東京に来たくらいで、新幹線がせいぜいなのである（中学の東京への修学旅行は、虫垂炎《ちゅうすいえん》で行けなかった）。

「じゃあ、飛行機初搭乗《はつとうじょう》。よかったわね」

「青森空港まで、羽田から一時間十五分です。あっという間ですよ」

「一時間十五分の空の旅。存分にお楽しみくださいませ。睦美さんは寝ててちょうだい」

安江が高らかに告げると、睦美がやっと気づいて、妙子の顔をのぞき込むようにした。

「……もしかして、怖いんですか？」

青い顔でうなずいた妙子に、安江と睦美は顔を見合わせている。

「あんな鉄の塊が、空中に浮くて、どうしても納得できひん」

「でも飛行機じゃないと、時間かかっちゃうわよねえ」

安江は睦美の移動時間をなるべく短くしたいのか、飛行機好きなのか、はたまた妙子に意地悪をしたいのか。

「では新幹線にしましょう」

すかさず睦美が、助け舟を出してくれた。

「うちは青森空港から遠いから、東京からだと飛行機でも新幹線でも、家に着くのはそんなに変わらないと思います。羽田空港は広いから、歩く距離が長いし、手続きなどを考えると、東北新幹線の方が楽かもしれません」

熱があるくせに、睦美の頭はクルクル回る。妙子がこれほどの熱を出したなら、きっとボーッとしたままだろう。

若いって素晴らしい。残念そうな安江を見ながら、妙子は胸を撫で下ろした。

10

「絵美里ちゃん、なんて?」

電話を終え、座席に戻って来た安江が通れるよう、妙子は脚を引っ込め、そっとたずねる。三人がけシートの真ん中に大きなお尻を納めた安江の気配に、窓側席で睦美は薄目を開けた。今朝もまだ熱が少しあった睦美は、解熱剤《げねつざい》を飲んで上野駅へ移動した。薬が効いてきたようで、額にはうっすらと汗が浮かんでいる。

午前八時四十六分に、上野駅を発車した東北新幹線はやぶさは、土曜日のせいか結構混んでいた。この状況で三人並びの席が確保できたのは、急なキャンセルがあったとしか思えない。

「絵美里ちゃん、群馬の実家に帰ることにしたんですって」

安江は晴れ晴れとした表情で告げてきた。車窓から見える景色は、飛ぶような速さでうしろへ流れ、見たいものの形すら詳しく知ることはできない。

「実家へ？　子供らも一緒に？」

「もちろんよ」

絵美里が携帯電話に報告してきた内容は、こうだった。

関係者との話し合いの結果、やはり身内の力添えをということになった。兄は住所不定なので、実父に頼るほかなかった。絵美里は最初、父親に連絡を取ることに抵抗した。二度と会いたくないからではない。生活保護受給が検討された際、ガンの治療中を理由に、援助を断られたからだ。若くもない闘病中の父親に負担はかけられない。けれどケースワーカーが連絡すると、なんと父親は、内縁《ないえん》の妻とともに上京までしてくれた。幸いにも父親の病は癒えており、当時は力になれず、ずっと心苦しく思っていたと頭を下げられた。そして「家に帰って来い」と言い、現役美容師である内縁の妻も、積極的なサポートを約束してくれた。「娘と孫がいるのは知っていたが、そこまで追い詰められていたとは。自分も子育て経験がある、協力を惜しまない」という、初めて会った内縁の妻の言葉で、絵美里は決意を固め、児相もGOサインを出したらしい。

「お父さん、年を取って、ずいぶん丸くなったたって。カノジョさんにも初めて会ったけど、ズバズバものを言う人で、あのお父さんが尻に敷かれてて、おかしかったたって。絵美里ちゃん、明るく話してくれたわ」

「なんだかんだ言うても、親子やもんな」

「本物のじいじに、りっくんと空ちゃんを抱っこしてもらったときは、泣いちゃったたって。そしたらお父さんもカノジョさんも涙が止まらなくなって、しばらく話ができなかったそうよ」

「……よかったですね」

身体を丸めて話を聞いていた睦美は、心底うれしそうにつぶやいた。そしてスマホで、（おそらく弘前と）いくつかのやり取りをして、コートを肩からかぶり直す。

家族はちょっとしたボタンのかけ違いから、心の距離が開いてしまうことがある。しかしボタンをそのままにせず、思い切って外してみれば、再び寄り添える。ちょっとした勇気がそれを可能にする。

「絵美里ちゃん、甘い野菜料理、カノジョさんと一緒に作るって。青森のお漬けものも、もっと知りたいって」

睦美は薄く笑い、「群馬の住所、今度おしえてもらおう」と応じた。

「あとね、手作りソーセージ。第二のおふくろの味だって。一生忘れないって」

安江は座席に深く座り直し、前を向いたまま、つぶやくようにそう言った。

あのときの気持ちを、妙子は思い返す。

冷たいぐちゃぐちゃの豚のミンチ肉だ。小うるさいオヤジのやっている、値の張る肉屋で買い求めた。

決して温まらぬよう、注意深く、素早く手でこねる。

失敗しませんように。おいしくなりますように。祈るように形作る。うまくいっているかは、食べてみるまでわからない。

ふつふつと沸く寸前の湯に、ひとつひとつ、そっと沈める。決して沸騰しないよう、火加減を調節する。

徐々に色を変え、ゆっくりと膨《ふく》らんでゆくソーセージ。穏やかな湯気が顔にあたり、そこはかとなく、スパイスの香りが上ってくる。

辛抱強く待つこと三十分。

そして不安と期待と一緒に、はちきれんばかりのソーセージを口に入れた瞬間――。

きっと伝わると、信じてよかった。

妙子の中で、しみじみしたうれしさがこみ上げてきた。

冷たい。新青森駅のホームに降り立った妙子は、あまりの空気の冷たさに目を細める。ひな祭りも過ぎ、東京の陽差しは春の気配十分だったが、ここ青森が近づくにつれ、空は低くなり、車窓からはチラチラと舞う小雪が見えていた。

「頭が冷えて、目ぇ覚めた」

「やっぱり寒いわね」

ロシアのエルミタージュ美術館でも旅すると似合いそうな格好で、安江が肩をすぼめる。いつにも増して化粧が濃いこの人は、黒い毛皮帽にチンチラの襟巻き、黒く分厚いロングコートと、厳寒に耐えうる重装備で現れた。待ち合わせのウィークリー・マンションのエントランスで、妙子は相棒の出で立ちに不安を覚えた。黄色いショートダウンジャケットに化繊《かせん》のパンツだけでは足りないかと、急いでニット帽と股引《ももひき》がいのヒートテックを着けに戻ったが、まったく正解だった。プラットフォームから見える街並は、どこもかしこも白い雪に覆われていたからである。

「それにしても、あっという間だったわね」

上野駅を出てから三時間とちょっと。看板に偽りなし。まさに「はやぶさ」のごとく、列車は遠い北の地に三人を連れて来た。飛行機なんかお呼びじゃない。

「睦美さん、大丈夫？」

「もちろん、大丈夫です。寒さには慣れてますから」

安江のねぎらいに、睦美は瞼《まぶた》をぱちぱちさせる。彼女の口ぶりが明るいのは、熱が下がり身体が楽になったからだけでなく、郷土への愛と誇りのせいだろう。

「やっぱり、うれしい？」

「え？」

「こっちに帰って来れて、うれしい？」

妙子の質問に、睦美はすっと真顔になった。そして洟をひとつすすり、「ホッとしました」と短く応えた。

奥羽《おうう》本線に乗り換え、弘前駅に向かった。東北新幹線の到着時間と連動しており、乗り換えはスムーズだ。具合がよくなったのか、「もう持てます」と、妙子が持ってやっていた旅行バッグを、睦美は自分で抱えた。

弘前駅前でタクシーに乗り、途中で睦美おすすめのラーメン店に立ち寄った。どうしても妙子と安江に食べさせたいと言うのだ。大量の煮干しだしと鶏ガラスープを合わせた、津軽煮干しラーメンは、まるで泥の中に麺が埋もれているようだった。

「天下一品のこってりスープと、ええ勝負やな」

「この魚粉《ぎょふん》を追加すると、うまみマシマシよ、妙子さん」

チャーシュー三枚、長いメンマ、たっぷりの白髪ねぎとで、大変満足のいくお昼をすませた三人は、再びタクシーに乗り、睦美の自宅まで移動した。

まだ午後二時過ぎだ。空を覆っていた灰色の雲の合間から、木漏れ日のように太陽が下界を照らし始めた。津軽平野にそびえた、雪をいただくお岩木山《いわきやま》が美しい。

「まあ、ステキなおうち」

二十分ほどで到着した睦美の自宅は、意外にもモダンな二階建てだった。もちろん門構えといい、重厚感といい、紛《まご》うことなき豪邸ではある。

雪吊りされた松や冬囲いを施《ほどこ》された樹々が並ぶ庭を横目に、雪かきされた石畳を進んだ。裏手には蔵《くら》もあるようだ。四台分ある駐車スペースには、赤いヴィッツと黒いランドクルーザー、白のプリウス、空色のマーチが駐まっている。

「十年ほど前に建て替えました。それまでの家は古くて段差だらけで、車椅子が通れるスペースもなかったので」

北国ならではの風除室《ふうじょしつ》の戸をカラカラと引き、睦美は玄関のドアを無言で開けた。どちらも鍵はかかっていない。睦美の帰りを、今か今かと待っていたのか、のどかな地ゆえ、日中は鍵を締める習慣がないのか。

「友樹。いるの?」

「ただいま」も言わず、睦美は広い玄関の三和土からぞんざいに息子の名を呼んだ。するとすぐに、グレーのトレーナーにジーンズ姿の若い男性が、眠そうな顔で奥から出て来た。

「なんだ、舞も来てたの」

母の背後に立つふたりのおばちゃんに、目を凝らすようにした友樹のうしろには、一、二歳の子を抱いた、若い女性が立っている。

「長男の友樹と、長女の舞と孫の莉々《りり》です。こちらは鈴木安江さんと寺島妙子さん。勤務している東京近江寮食堂の店長さんと料理長さんです。私の身体を心配して、わざわざついて来てくださったの」

「こんにちは」「いきなり、すんません」と、安江と妙子は頭を下げる。

母親に付き添いがいることに呆然《ぼうぜん》としているのだろう娘と息子に、「あなたたち、あいさつしなさい」と、睦美がとげとげしく促《うなが》した。

「篠原友樹です」

母親に面差しの似たおとなしそうな青年は、カックンと首だけ折ってあいさつをしてきた。ややつり気味の大きな目が印象的な長女は、「母がお世話になりまして」となめらかに腰を折ったが、明らかに困惑している。

「舞、仕事はどうしたの？　休み？」

睦美はたずねながら、ショートブーツを脱いで框《かまち》に上がると、「どうぞ、お入りください」と、妙子と安江を手のひらで誘導した。防寒具をポールハンガーにかけた妙子と安江は、ワックスで光る廊下を「おじゃまします」と、そろそろと進んだ。

広いリビングルームはむせるほど暖かく、そして散らかっていた。舞は莉々をソファに座らせ、床に広がった食べかけの菓子袋や衣服、おもちゃなどを、慌てたように拾い集めている。

「舞、仕事、休めるでねが」

「ママが戻るで聞いだで、わあ、無理言って休んだはんで」

なじるような睦美に、舞はムキになったように言ったが、妙子らがいることにハッとして、「店には迷惑かけるけど、祖母が入院して、母の調子も悪いって言ったの」と、標準語でつけ加えた。

「あらそう」

おそらく、いつもの母親とは別人のように冷たい言動なのだろう。舞は終始困惑した表情で、弟と何度も目を合わせている。母子の再会の微妙な空気に、妙子はスーツケースから紙包みを取り出す。

「気持ちだけですけど、どうぞ食べてください」

雷《かみなり》おこしを差し出された友樹は、愛想なく受け取った。当然あらたまったみやげを買いに行く時間はなかったので、上野駅構内の出店で購入したものだ。

「若い子にはもうちょっと、違うものの方がよかったんじゃない？」

「見たら、急に食べとなって。自分の分も買うついでに、つい」

「どうぞ、こちらへ」

リビングルームの隣へと誘導された安江と妙子は、ささやき合いながら、ダイニング・キッチンに入った。

リビングに負けないくらいに広いダイニングの中央には、厚い木製の長テーブルが鎮座《ちんざ》していた。椅子が両側に三脚ずつあり、しゃれたシャンデリア風のダウンライトが、白い天井から下がっている。

壁の高いところにボンボン時計がかけられているのが、目に入った。コッチ、コッチと、小さく振り子を揺らしている。この部屋にちょっとそぐわない、かなり古い時計だ。

「どうぞ、おかけください」

妙子と安江は壁際に荷物を置き、遠慮がちにテーブルの端に向かい合って座った。妙子のうしろには大きな食器棚が二台並び、安江の背後には、ちょうどL字型のキッチンの端がくるような格好だ。リビングと違い、キッチンは片づいていた。

「パパは、帰って来るの?」

とげのある声でたずねた睦美に、ダイニングの入口に立っていた友樹が問い返した。

「パパに連絡してないの?」

「メールは来たけど、返事はしてない」睦美はどこまでもそっけない。

「午前中は仕事だから、こっちに着くのは夕方になるって、さっきメール来た」

「私には『心配だ、すぐ戻れ』と言ったくせに、実の息子はのんきなこと。こっちは朝早く起きて、東京からはるばるやって来たというのに」

電気ポットでお湯を沸かし、急須《きゅうす》や茶器を準備しながら、睦美は嫌味たっぷりだ。熱が下がった分、気持ちはヒートアップしたか。それともクリニックでもらった解熱剤に、妙な薬物でも混じっていたのか。ちゃんと話し合うと言っていたのに、その気がなくなったとしか思えない態度である。

莉々を抱いた舞がキッチンにやって来て、睦美と会話をし始めた。

昨夜病院に駆けつけられなかった舞は、朝一で祖母・かる子の様子を見に行き、友樹と合流したようだ。当地の方言を完璧に理解するのは難しいが、朝にはかる子の頭痛や吐き気は治まり、血圧も安定、五所川原の光男の妹も、いったん自宅に戻ったらしい。本人は退院できると言ったようだが、もう一日様子を見ようと、主治医《しゅじい》から説明されたらしいことが、おぼろげながら把握できた。

「荷物、ほかは宅配便で来るの？」

舞が怪訝そうに、睦美にたずねた。そう言えば、ウィークリー・マンションの片隅に、バカでかいスーツケースがふたつも置いてあった。それらも自宅から持ち出していることを、舞は知っているのだろう。

「ほかにはない。ばっちゃのお見舞いがすんだら、東京に戻る」

「え？　また、東京さ戻るの⁉」

「どして⁉」

舞と友樹が、声を大にしてたずねた。妙子も安江も出されたお茶を手に、そのまま固まる。

「私は仕事をしてるの。今日は店を臨時休業してもらったけど、月曜からは通常営業。ですよね？　店長」

安江はドギマギしながら、「え、ええ、月曜は営業しないとね」と調子を合わせ、「ねえ？　料理長」と、妙子に振ってきた。

「そう、そうそう。白菜《はくさい》も使《つこ》てしまわんと無駄になる。月曜の昼の部は、白菜と春雨と鶏肉団子の中華風煮こみです。団子を作るの大変やし、睦美さん、よろしゅうたのみます」

「はい、わかりました。妙子さんレシピは肉団子を揚げてから煮こむので、コクがあっておいしいんですよね」

あながち嘘ではない話に、睦美は歌うように返事をした。

舞の眉はすっかりハの字になり、友樹はトレーナーのポケットに両手を突っ込んだまま、口をあんぐりと開けている。祖母の入院を機に、母は家に戻ると信じていたのだろう。会話を理解できない莉々だけが、舞の胸に顔を押しつけ、母の洋服をよだれで濡らしている。

穏便《おんびん》な話し合いの上、どちらも歩み寄る形を模索《もさく》すると思っていた妙子と安江は、少し不安になってきた。これじゃ自分たちは、睦美を洗脳した上、家には戻さないと通告しに来たブラック企業の雇い主のようだ。しかし今、下手《へた》に口出しすると、せっかくの家出が台無しになる。おばちゃんふたりは茶器を上にかざして、ブランド名を確かめたり、「玉《ぎょく》露《ろ》かな……」と鼻をヒクつかせたりして、文字通りお茶を濁す。

それにしても睦美が一泊で東京に戻るつもりだとは、思わなかった。妙子らにとってはうれしい誤算《ごさん》だけれど、本当にいいのだろうか。

「そういうことだから、舞、莉々は保育所にあずけて、毅《つよし》さんと手分けして、子育てしなさい」

「ママ……」

舞は呆然として、電話で言われていたことを、あらためて嚙みしめているようだ。

「友樹も今後の生活費の相談は、パパと直接しなさい。私も自立のために、これからのことをパパと話し合うから」

「え？　パパは『家で飯食うのはすかたねだば、小遣いはやらね』で……」

ふがいない息子は、遊ぶ金がなくなるかもしれない危機に、あわあわとしている。

「さてと」

お茶を飲み終えたタイミングで、「二階はいつ掃除したの？」と、睦美は友樹にたずねた。

「掃除って、掃除、掃除……？　掃除は、昨日ばっちゃがやったと思うけど……」

「ならばよし」

睦美は満足げに立ち上がり、「今夜お泊まりいただくお部屋に、ご案内いたします」と、うやうやしく妙子と安江に告げた。

階段を昇り、幅広の廊下を歩いて広い和室に入った。睦美はドアをパタンと閉めるや否や、くるりと振り向き、「一回、ああいうこと、言ってみたかったんですよ〜」と、いたずらっ子のように、鼻にしわを寄せた。

「やっぱり、わざと強引な母親を演じてたのね」

「おっかしいと思《おも》たわ。睦美さんが、あんな厳しいこと言うって」

安江も妙子も、ホッとすると同時に破顔する。

「だって、せっかくおふたりがここまでついて来てくださったのに、ふにゃふにゃしてたら申し訳ないですもの。今までさんざん、『いい母親』をやってきましたけど、それは『都合のいい母親』だったんです。だから思い切って、やってまれって。あー、気持ちよかった。安江さんと妙子さんの前だったからか、あの子たち、ほとんど抵抗しませんでしたね」

もし千晶がいたら、「やるじゃないの」と背中を叩いてくれることだろう。と、思っていたら、小さなガッツポーズのあと、睦美はゴホゴホと咳をした。

「おっと、大丈夫かいな」

「……大丈夫、です。身体は、ずいぶん、楽になりました」

急にのどに引っかかった声で、睦美は言う。あまりの元気のよさに、この人が風邪っぴきであることをすっかり忘れていた。

「でも、莉々を抱っこできなかったのは、ちょっとつらかったです……」

孫にデレデレしてしまったら気持ちが揺らぐと、睦美は考えたのだろう。

「よくがんばったわね」

安江がやさしく、睦美の背中をさすった。

「せやけど、ほんまに明日、東京に戻るんか？」

妙子はたずねた。睦美はひとつ息を吸ったが、イエスともノーとも言わない。

「お姑さんの身体がなあ……」

「初対面の私たちがうまくご家族との間に入れるか、わかんないしねえ」

先ほどの居心地の悪さを思い、妙子も安江も躊躇《ちゅうちょ》する。子供たちより、姑との話し合いの方が難局に違いない。人さまの家庭問題に首を突っ込むことの難しさに、ふたりは今さらながら気づく。

「確かに心配は心配です。勝手なことをしたと、責められもするでしょう。でもここで踏んばらないと意味がない。妙子さん、安江さん。どうぞ私に、力をお貸しください」

まさに千晶ばりの強さを見せ、睦美は深々と頭を下げ、また何度か咳をした。

せっかく長々と家出をしたのだ。姑にも理解してもらいたい。この身体で、睦美は相当な覚悟を持っている。ならば、「相手は年寄り、病人だ」と手を緩めるのは、かえって失礼だ。いや、典型的津軽人であるらしい姑は、それくらいの心づもりで臨むべき、手強い相手なのだろう。

「わかった。私らもそのつもりで来たんや。腹くくるわ」

「店を休んで、はるばる来たんだもの。もっと応援に力を入れなくちゃね」

我々が弱気では、睦美は心細くなる。具体的になにを話せばいいか思いつかないが、睦美はとにかく、ついて来てほしがっている。

「よっしゃ、まかせとき!」

「どうぞよろしくお願いします!」

三人は円陣《えんじん》ならぬ三角陣を組み、試合前のバレーボール選手のように手を重ねた。

11

友樹の運転するランクルで、一行は市内の病院へと向かった。車内は言葉少なで、否《いや》が応《おう》でも緊張が高まってくる。舞と莉々もうしろからヴィッツでついて来る。

睦美の姑・かる子が入院していたのは、さほど大きくない病院の個室で、奥に長細い感じだ。スライド式のドアは開放されており、家族の気安さで、友樹と舞は声もかけずに入って行く。続いて、目隠しカーテンを半分ほど開けて睦美が入ると、「おばちゃ、もう来ただっちゃ」という友樹の言葉が終わらぬうちに、怒号《どごう》が響き渡った。

「睦美さ、おめ、なしてばっちゃ置いて、家出だじゃ!?」

大声の主は光男の妹・佐智代《さちよ》だ。

莉々が驚いて、舞の脚にしがみついた。妙子と安江もびくっと震え、入口で足を止める。

「わあ、さっき聞いてびっくりしただじゃ！　ばっちゃが倒れた、でもママはいねと友樹から電話もらって、てっきり光男あんちょさどこ、行ってると思ってでだら、おめ、一月からずっと東京さいるだと？　わあ、全然知らねかったじゃ。ほんとあきれた。一家の主婦が家を放って、何か月も東京見物で」

篠原家の人々は親戚に対しても、箝口令《かんこうれい》を敷いていたらしい。しかしかる子は、ここで実の娘と話すうち、つい漏らしてしまったのだろう。

「東京見物なんか、していません」

「へば、なにしてでだじゃ!?」

明らかに睦美より年上だろう佐智代は、ずいぶんキツい人のようだ。寝不足の分、余計に機嫌が悪いのかもしれない。

「佐智代、落ち着げ」

しゃがれた、しかし野太い老婆の声がたしなめに入った。ここからはちょうど、トイレらしき出っ張りが邪魔をして、ベッドの足下しか見えない。

「落ち着いでいられれね。しっかり義親《おや》の面倒を看るのが、嫁の役目でねが」

カーテンがじゃまで、身体半分しか見えないが、睦美は身じろぎすらできないようだ。

「佐智代、やめれ。こん人は、もう篠原家の嫁でもなんでもね。赤の他人だ」

かる子は手厳しい。怒っているとはわかっていたが、こう来たか。

「ほら見てみなせ。こんだけばっちゃ、怒らせたと、おめ、自覚してるが？」

佐智代が我が意を得たりとばかりに言った。

「佐智代さんには、関係のないことです」

「なに⁉　わあのかっちゃ、こげな目に遭わせだくせに。おめが薬っこ、見てやんねかったがら、ばっちゃ、倒れたはんで」

「これは篠原家の問題です。うちの問題は、うちの家族で解決しますから」

「まーあ、わあに向かって、なんぼおばぐだ口をたたぐ……」

「私はばっちゃに倒れてほしぐで、家出たんじゃね。ちょべっと長風呂しだら、未だに嫌味言われるだば……。私の気持ち、考えでほしくて……」

睦美も感情的になっている。セリフもあやふやだ。相手が子供たちと姑・小姑《こじゅうと》では、やはり勝手が違うのか。

「おめ、半身浴《はんしんよく》とがって、二時間も三時間も、出て来ねがらだべ」

佐智代がきっぱりと言う。どうやらかる子は、そんなことまで娘に愚痴ったらしい。

「みんな、風呂っこ、終わってだ……。『南部人はからぽねやみ』で、私の人格《じんかく》、踏みにじったべさ。いづまでも南部だ、津軽だって、時代錯誤《さくご》にもほどがある……東京さ行って、自分の境遇の理不尽《りふじん》さを、ひしひしと……」

「わあは、燃料代がなんぼかがるか、言っただけだ」悔しそうな睦美に、かる子は言い訳する。

「理不尽でない家が、どごさある？　誰かと住めば、理不尽なこと、大なり小なりあるども、みんながまんして、ひとつ屋根の下、力を合わせで暮らしでるでねが」

佐智代が憤然として言った。

このままでいいのか？　こんな子供のけんかをするために、病を押して戻ったわけではあるまい。

しかし妙子も、どう睦美を援護していいやらわからない。向こうからは、妙子らの姿は見えていないのだ。今出て行くと、余計に話をややこしくするだけだろう。

病室が静まり返った。

古そうな暖房機の音が、大きく響いている。ふと振り向くと、入口でたたずんでいる妙子と安江を通りすがりの看護師がチラリと見て、廊下を足早に去って行った。

「……お義母《かあ》さん。お義母さんのお怒りは、重々承知しています。その原因を作ったのは、ほかでもない、私ですから」

気を取り直したように睦美は、ゆっくりとした口調で話し出した。

「わがってるなら、家出さ、せばまね」

佐智代がとげのある口調で、言い返した。

「そうです。いきなり家出など、すべきではありませんでした。話しても仕方ない、話したらなにを言われるかわからないと、あきらめていた私が悪かったんです。もう少し私の自由にさせてほしいと、お義母さんにきちんと言葉で伝えるべきでした」

そうだ、そうそう、その調子。がんばれ、睦美。

妙子と安江は、入口でこぶしを握る。

「私には勇気がなかった。みんなとぶつかってでも、自分の人生を歩こうとしなかった。

でも、それではダメだと気がつきました。光男さんにも、友樹にも舞にも、気持ちを言葉で伝えるべきでした。家族みんなと、対等な関係を築く努力をすべきでした」

ふと思う。秀一もいきなり姿を消さず、妙子にきちんと説明してくれればよかったのにと。一方で、夫が説明したいと思える関係を、築けていなかったのかとも思う。

「……ばっちゃだけでなく、みんなに不満があって家出したみてだな。対等って、おめ、東京でなに吹きこまれたが知らねが、そんなのきれいごと。この世の中、対等なんてね。世の中どうしても、男が上で、女が下と、自然となってる。年上が上で、年下はやっぱり下だ。家の中も同じだ。んだがら、男はいばってるし、女は家のごと、全部やる。わあもずっと、がまんしでやってぎだ。ひとりで亭主の親の面倒、看だ。理不尽だば、仕方ね」

佐智代の語気《ごき》が、哀感《あいかん》を帯びた。彼女も彼女で、苦労しているのだろう。

「仕方ないではダメなんです。舞はこれからの女性です。そして恵まれてる。ちゃんと旦那さんがいるんだから、夫婦ふたりで分担して、子育てをするべきです。私は手伝い過ぎて、疲れ果ててしまった」

「睦美さん、なに言う？　あたり前でねが。童《わらし》いるはんで、旦那もいるべな」

「いいえ。世の中には、ひとりっきりで子育てをしている女性がたくさんいます」

佐智代は言い返さない。

「友樹が家に帰って来てうれしかったけれど、少しも将来の展望が見えません。二十四歳にもなるのに、バイトもせずにダラダラして、親の金で遊んで暮らしている。でもそれは友樹だけの責任ではなかった。親が将来を考えなくていい状況を作っていたからです。私は自立を考えている友樹の足を、引っぱり続けていたのです」

気づけば、舞と友樹が目線を落としていた。

「自分で考えて行動するのが大切なのに、私はその機会を与えませんでした。私自身が、変わるのが怖かったからです。勇気がなかったから。でも今変われば、違う未来が来ると思います」

睦美は声を張った。

「しっかりと自分の足で歩く姿を、子供たちに見せるのが、私の役目だと思います」

「……自分の足て、おめ、亭主の稼ぎで食ってるくせに、偉そうに」

佐智代が意地悪く言うと、睦美がきっぱりと返した。

「今まではそうでした。だから私、働き始めました」

「東京で働いでるって話か。はん、そんなバイトで、食える訳がね」

「いいえ。私は住むところも用意するから、東京で暮らせばいいと言われました。ここに証人がいます」

睦美はすっと、病室の入口へと身体を滑《すべ》らせた。舞と友樹が、母の道を空けるように左右に割れる。

「……こんにちは。初めまして」

「……どうも、おじゃまいたします」

目隠しカーテンを開けられ、妙子と安江は病室の奥へと進まざるを得なくなった。

窓を背にした佐智代は、ベッド脇に立ったまま息をのんでいる。上半身を起こしてベッドにいるかる子は、目を丸くして、帽子のてっぺんからブーツのつま先まで、安江の全身に視線をはわせている。

「鈴木安江さんと、寺島妙子さんです。東京でお世話になっているお店の店長と料理長です。私が体調を崩したので、長旅を心配して、わざわざついて来てくださいました」

軽く咳ばらいをしながら、睦美は家族に、おばちゃんふたりを紹介した。

「食べもの屋さんで働かせてもらってると聞いてはいましたが、そんなに高級なお店だとは……」

「ほほ。さほどではないんですのよ。さる大学教授のお屋敷を借り上げて、インテリアと食器などには、こだわっておりますけれど。お料理は世界各地の良いところを取り入れた、いわば無国籍料理といったところでしょうか。ねえ？　料理長」

安江の衣装に騙されているかる子に、安江は言い放つ。各地は当たっているが、世界ではない。けれど妙子は否定をせず、精いっぱいの笑顔を津軽マダムらに向ける。もちろん、睦美の訂正も入らない。

「わざわざ迷惑だったな。ありがとうございます」

もう篠原家の人間でないと言ったくせに、かる子は丁寧に頭を下げてきた。迷惑だなと言っておいてありがとうとは意味不明だが、その慇懃《いんぎん》さには、得体のしれないものが漂っている。

「いえいえ。優秀なコンシエルジュが、長旅の途中で倒れては大変ですから。睦美さんがいてくださらないと、けの汁もイガメンチも出せませんし。ねえ？　料理長」

しかし我らは東京からの援軍だ。妙子は力いっぱいうなずいた。

「けの汁出す高級料理店があるとは、東京はまったく不思議なとこだ。まあ、いいべ。さ、もう話はすみましたので、どうぞ睦美を連れて、東京にお引き取りください。住《すみ》かまで用意してくださったとは、渡りに舟です」

かる子は皺だらけの顔に笑みをたたえて、安江に告げた。

とたんに食堂組ふたりの額に斜線《しゃせん》が落ちた。自分たちの存在が、かえって問題を大きくしてしまったようだ。

「一緒になりてと、光男が睦美さ連れで来だどき、やっぱり反対するんだった」

失敗した。妙子と安江は、事前にきちんと戦術を立てなかったことを悔いる。でも、いるはずのない佐智代に、初手《しょて》から激しく攻められたから仕方がなかった。それにしても、息子の結婚前のことを嘆《なげ》くなど、かる子の底意地の悪さは筋金入りだ。

「ひどいよ、ばっちゃ。それじゃ、僕や姉ちゃも、いね方がよがっだってことだべ」

突然、友樹が口を開いた。

「そうだよ。ママがいなけりゃ、この子も生まれなかったはんで」

莉々の顔を見ながら、舞も友樹に加担《かたん》した。青い顔だった睦美の頬に、うっすらと赤みが差す。

「いんや……」

突然の孫たちの反論に、かる子は狼狽《ろうばい》した。

「私、ママが私のママでよかったと思ってるよ。私の子供のばっちゃは、ママでないと嫌だよ。莉々もきっとそう思ってる」

「ばっちゃだって、毎日『早ぐ睦美が帰って来ますように』て、仏壇に拝《おが》んでだくせに」

孫たちの反撃に、かる子は口をパクパクさせた。だいぶ焦っているようだ。子供たちの援護を、睦美は半信半疑の顔で見ている。

「おばちゃ。言っどぐけど、ばっちゃは、薬間違ってね。俺、毎回、確認してたはんで」

驚く佐智代と睦美に、友樹は首を縦に振った。

「え、そうなの?」

「へば、なんでばっちゃ、倒れたべ?」

佐智代が、不思議そうに言った。

「ストレスに決まってるだはんで」即座に、舞が応える。

「そう。ママが家出したストレス。薬はちゃんちゃんと飲んでたのに、なんで急に、最近なにかあったか、医者に聞かれたの。だから家出のこと話したら、それじゃないかって。相当ショックだったんだろって、言われた」

舞に軽く睨まれ、睦美はなにか言おうとした。そのとき男性の声が、妙子らの背後から低く響いてきた。

「もういいじゃないか」

大柄な中年男性が、ずいっと病室に現れた。

「光男」

かる子がホッとしたように言った。佐智代も眉間のしわを解いて、兄を迎える。

この人が例のモラハラ夫か。妙子と安江は、満《まん》を持《じ》して現れた光男の顔を凝視した。

浅黒い顔に、ややつった大きな目。舞は紛うことなき父親似だ。ダークグレーの背広に、紺色のモッズ風コートを羽織り、想像していたよりも老《ふ》けてはいない。睦美が光男の娘に間違われたのは、彼女が童顔《どうがん》だからだろう。

「睦美が大変お世話になったようで」

光男は如才なく、妙子と安江に向かって礼を述べた。おばちゃんふたりは慌てて腰を折り、「こちらこそ」と、口々にあいさつをする。

「みっともないところを、お見せしてしまいました」

光男はずっと、入口付近で会話を聞いていたらしい。病室にすぐに入って来なかったのは、自分はラスボスたれと、様子をうかがっていたとしか思えない。

「店長と料理長には、家出の理由も含めて全部お話ししてあります。それもあって、一緒に来てもらったので」

睦美が言うと、光男は「おやおや」といった顔になり、「ひとりで帰るのは怖いから、ついて来てもらったのか」と、あきれたようにつぶやいた。佐智代がすかさず、「立ち聞きまでさせて」と非難する。

「違います。私、風邪を……」

「すみませんね。睦美が子供みたいなことを、お願いしたみたいで」

保護者のように振る舞う光男に、妙子と安江は慌てて、「私らが無理やり、ついて来たんです」と首を振った。

「莉々、大きくなったな」

ずっと舞にまとわりついていた莉々は、強引に光男に抱っこされた。

「そこで話は聞かせてもらったよ。思った通り、ばっちゃの具合が悪くなったのは、睦美の家出が原因だった。ばっちゃはいなくてもかまわないと言ってたけど、僕は嘘だと思ってた。睦美、いろいろ不満はあるだろうが、舞も友樹も反省している。それに、ばっちゃがじょっぱりなのは、睦美もよく知ってるだろ？　入院するほど、ストレスがかかったんだ。なあ？　ばっちゃ。僕が睦美にうまく言ってやれなかったせいで、三日で終わるはずの家出が、長くなってまって悪かった。だから今回のことは、勘弁してやってけれ。睦美は家に戻っていいだろ？　なあ、莉々。お前からも、大ばあちゃん、許してくださいって、頼んでくれよ」

光男は家族に向かって、静かに語った。莉々は知らん顔で、祖父の肩に頭をあずけ、目をトロトロとさせ始めた。睦美はバツの悪そうな顔で、夫の顔を見ようとしない。佐智代は何度もうなずきを繰り返し、兄の演説に無言で賛意を示している。

「すべて僕の単身赴任が悪いんだが、これぼっかりは仕方がない。社長が仙台支社《ししや》を立て直してほしいと言えば、聞かない訳にもいかなかった。なに、あともう少しで戻れる。それまでもう少し、がまんしてくれ」

かる子は「ふん」と鼻を鳴らし、光男には意見をする気配がない。瞬時に浮き上がった篠原家の力関係に、妙子と安江は目配せし合う。

「頼むよ。お前がいないと家の中が落ち着かない。なあ？　友樹。ママが戻らないと、ばっちゃの世話で、勉強もなにも、やりたくてもできないよな？」

友樹は返事をためらっているようだ。これからは、父親から小遣いを受け取らねばならないとなれば、それもやむなしか。舞はああして睦美を擁護《ようご》することで、自分の利益を最優先させたように思える。佐智代は外部からわんわん吠えるだけの、よくいるタイプの小姑だ。

果たして睦美は、このまま押し切られるのか。肝心の光男に、まだなにも伝えていないというのに。

「……私、まだ家には帰れません」

睦美はなんとか、徳俵《とくだわら》で持ちこたえた。

「おめ、光男あんちょがこれほど言ってるのに、まだそんなことを」

「佐智代、いいんだ。睦美もふり上げたこぶしを、どう下ろしていいのかわからないだけだ。普段は怒りをおもてに出さない、奥ゆかしい女だから」

光男は寝入ってしまった莉々を舞の腕に譲ると、「ああ、重かった」と軽く笑って見せた。舞は「同じ月齢《げつれい》の子の中でも、大きい方だから」と、父親に応じている。

「子供はあっという間に、大きくなる。孫娘の世話ができる時間も、あっという間に過ぎてしまう。たった数年の話じゃないか。孫の成長を毎日間近で見るのも、いい生き方だと思うけどな、僕は」

光男は莉々の寝顔をあらためてのぞき込み、睦美の方をうかがった。

睦美の目に戸惑いの色が浮かんでいた。莉々の背中を凝視している。滔々と述べられた講釈に、睦美は家出前と同じ心理状態に戻りつつあるのではないか。

マズい。このままでは、うまく丸めこまれてしまう。

妙子はとっさに、えっへん、えへんと、大きく咳払いをした。

睦美はハッとしたように、おばちゃんたちを振り向いた。安江がすかさず、「が・ん・ば・れ」と、口パクで伝える。睦美がケチャップで書いた、絵美里へのエールと同じセリフだ。妙子は睦美の再覚醒《さいかくせい》を願いながら、「む・つ・み」と、やはり口パクでつけ足した。

小さくうなずいた睦美は夫に向き直り、顎を引いて腹から声を出した。

「光《みつ》さん、聞きたいことがあります」

「なんだ、あらたまって」

「仙台のマンションの洗面台の下にあった、女性用の化粧品と歯ブラシは、いったい誰のものですか？」

光男の笑顔が固まった。かる子も佐智代も、ふたりの子供たちも軽く瞠目《どうもく》している。

「誰って、そんなもの、あったっけ？」

「管理人さんに『お母さんにゴミ置き場の鍵を渡した』と言われました。私をパパの娘と間違えたんです。お母さんて誰ですか？　仙台のマンションに出入りしている、パパの奥さんと間違われた女の人は、いったい誰ですか？」

睦美は小鼻をふくらませた。思わず妙子の鼻にも力が入る。

光男は顔色ひとつ変えず、一瞬沈黙したのち、プッと吹き出した。

「ああ、思い出した。化粧品か。そうだ、そうだ、忘れてた。……あのな、秘書だよ、秘書。肩書きは支社長室のベテラン事務員だけどな。どうも家事は苦手だ、掃除が行き届かないとこぼしたら、手を挙げてくれたのさ。プロに頼むと、金がかかり過ぎる。それで鍵を渡して、仕事としてやってもらってる。もちろんその間、僕は会社で仕事だ」

睦美をまっすぐに見つめたまま、光男はさらさらと説明し、声を出さずに笑った。

「化粧品はお前のために、赴任して間もないころ、若い女性社員に買って来てもらったの。

良いと評判らしいのを。しばらく離れ離れで苦労かけるから、罪滅《つみほろ》ぼしのつもりだった。青森に持ち帰るのを忘れてたのが、そのままになってたんだな。言われて思い出した。歯ブラシは掃除するのに、秘書が置いてたものじゃないかなあ」

よくもまあぬけぬけと、そんな嘘を。

妙子は睦美の述懐《じゅっかい》を思い出す。歯ブラシは化粧品と一緒に、紙袋に入っていたのだ。掃除用具と妻へのプレゼントを、同じ袋に入れるアホなどいるはずがない。

「旦那さん、それは」

「わかりました」

妙子の言葉を遮《さえぎ》るように、睦美がかぶせた。静かで、どこか思い切ったような声だった。

「わかりました。私が早とちりしたんですね」

「そうだ。十二月に仙台に来たとき、すぐ帰ってしまったのは、それが原因だったのか。なにヘソ曲げたと思ってた。いろいろ言ってたけど、もしかして今回の家出はそれが一番の理由だったのか？　聞いてくれれば、誤解はすぐにとけたのに」

両親の会話に、舞も友樹もホッとしたようだ。

かる子も安心した表情で、視線を落としている。佐智代は拍子抜けしたように、目玉をキョロキョロさせている。家出の一番の理由が睦美の勘違いなら、みんな都合がいいのだろう。

「私の、早合点で、大騒ぎになって……。妙子さんにも、安江さんにも、ご足労、いただいて……」

ほんまに、それでええの？

声にならない声で、妙子が訴えると、睦美は急にしゃがみ込んだ。

「睦美さん⁉」

「おい、どうした？」

「ママ！」

「大丈夫……。ちょっと、めまいがしただけ……」

慌ててみんなで抱きかかえた睦美の身体は、火を噴いたように熱かった。

12

薄目を開けて、布団の中で身をよじると、隣の安江が話しかけてきた。

「眠れた？　って聞くだけ野暮《やぼ》ね。気持ちよさそうに、いびきかいてたし」

「……ごめん、うるさかった？」

篠原邸の二階の客間。パネルヒーターのやわらかなぬくもりと疲労感に誘われ、目覚めたときに「ここはどこか」と一瞬不覚《ふかく》に陥るほど、妙子は熟睡してしまった。

「大丈夫。耳栓《みみせん》、持って来てたから」

朝七時だ。分厚いカーテンを開けると、まぶしい光が目にとびこんできた。あたりに積もった雪が建物や地面の色を奪い、凛とした空気を伝えてくる。暖かな部屋から眺める冬景色は、とても贅沢な気分にさせられる。

「おはようございます」

二階の洗面所で顔を洗い、妙子と安江が階下に降りると、もう睦美が台所に立っていた。ダイニングルームはリビングルームごと、暖かい空気に満たされていた。

「早いじゃない。身体、どう？」

「はい、大丈夫です。十二時間も眠りましたから。熱も下がって、すっかり元気になりました。ご心配おかけしました」

薄桃色のエプロンをつけた睦美は、にっこりと微笑んだ。顔色も良い。やはりまだ四十代。さすがの回復力だ。

昨日かる子の病室で倒れた睦美は、光男と友樹に抱えられ、すぐに自宅へ運ばれた。妙子と安江も舞の車で篠原家に送られ、そのままお泊まりさせてもらったのだった。

「どうぞ座っていてください。朝ごはん、すぐにできますから」

睦美は明るい声で言い、大ぶりの湯呑で、熱すぎない煎茶《せんちゃ》を出してくれた。

「ありがとう。いただきます」

昨日と同じ席に着いた妙子と安江は、煎茶の入った湯呑を両手で包む。

「眠れましたか？」

「ふたりとも、もうぐっすりよ」

安江の気遣いに、妙子は複雑な気分でうなずく。寝る間際まで、安江と今回の反省会をしていたのに、自分は熟睡、安江は眠りが浅かったからだ。

「よかった。おでん、わざわざ持って来てくださったんですね。ありがとうございます」

睦美が目を細めた。コンロの上の鍋の中に、少し残っていたのを見たのだろう。

昨日この家に戻ったのは、夕方六時半だった。睦美がベッドに寝かされたのを見届けると、舞は自分の家へ帰って行った。

夕飯には妙子が持参したしょうが味噌おでんを、光男と友樹と四人で食べた。友樹は黙々と食していたが、光男は「さすがですね」と、妙子が作った青森の郷土料理を、一応は喜んでくれた（気を遣っただけかもしれないが）。

「ほかすのもったいなかったしな。それはさて置き」

がまんできずに、妙子はたずねた。

「睦美さん、あんな風に話を納めてしもてよかったん？　私らはあんな応援でよかったんやろか？」

病室で睦美は、やっぱり浮気を問い詰めるのを、よそうと思っていたのではないか。少なくとも家族の前ではするまいと。なのに妙子らがけしかけたせいで、言わざるを得なくなったのではないかと、心配になった。一方で、いやいや言いたいことを言えてよかった、浮気は誤解だったと、睦美は本気で考えたのでは。人は信じたい方を信じる生きものだと、昨夜の妙子と安江の反省会は、堂々巡りだったのだ。

「本当にありがたかったです。安江さんと妙子さんの応援で、私は初めて家族にも主人にも、言いたいことを言った気がしましたから」

半身をひねるようにしていた睦美は、テーブル側に向き直り、妙子と安江にきっぱりと応えた。そして、なおも不安げな妙子をなだめるように、手を休めて語り始めた。

「単身赴任。あの人、私には栄転《えいてん》だと説明しましたけれど、実は社長とうまくいかなくなって、とばされたのが真相らしいです」

「だからかわいそうになって、あんな嘘を信じたフリしたの?」

とたんに安江が食いついた。冷静を決め込んでいたが、難しくなったようだ。

「社長は主人の高校の、ひとつ先輩なんです。大学卒業してしばらく東京で働いたあと、Uターンするときに誘われて、先代、今の社長のお父さんが社長のころに、主人は今の会社に入ったんです。ずっとうまくやってたんですけど、ある仕事のトラブルで、意見がぶつかったらしいです。結果的には主人の意見が正しかったようだけれど、それがおもしろくなかったのでしょう。友樹の友だちの友だちに、主人の会社の関係者がいて、たまたま一緒になった飲み会で、おせっかいにもおしえてくれたそうです」

そこで睦美はふふふと笑い、「おかしいと思ってたんだー。昔からの側近《そっきん》を、家族と離れ離れにさせるなんてさー」と、つぶやいた。

「それに思い出したんです。そう言えば、結婚前、私、約束させたなあって」

「約約束束?」

関西と関東のイントネーションでハモって、妙子と安江は問い返した。

「男の浮気は仕方がない」と考えていた若き睦美は、結婚前、「もし浮気をして、自分に問われても、絶対に否定してほしい。バレバレの嘘でいいから」と、光男に頼んだらしい。

「浮気を知られても、たとえ目撃されても、認めないでって。私バカだったから、そんなことを主人に約束させてたんです」

　ご飯が炊けたことを、電気炊飯器が電子音で知らせた。

　屋外でもなにやら音がした。シャベルのようなものを使っている音だ。

「主人が雪かきをしています」

　耳を澄ました妙子に、睦美が窓の外に目をやった。言われてみれば、キッチン前の磨《す》りガラスの向こうで、白色をバックに人影が動いていた。

「今はそんなこと、全然思っていないです。浮気されるのは絶対嫌だし、嘘つかれるのも嫌です。でも昨日、私が言ったことを未だに信じて、懸命に言い訳する姿を見ていたら、この人、まだ私と夫婦でいたいのかなあって」

　ふきんを丁寧に折りたたみながら、シンクに腰をもたれさせ、睦美は訥々《とつとつ》と話す。窓の外の人影は動きを止め、一瞬背筋を伸ばしたが、すぐにまた身をかがめて作業を再開した。

「ちょっと階段、とばしたかなって。説明、一からして、昔の私とは違うことや、『光男さんの色に染まりたい』と言ったの、撤回したいって。どうしてそう思うようになったか、ちゃんと話してから浮気は嫌だと言おう、でないと、主人に変わってもらえないって思ったんです」

「あなた、そんなこと、言ってたのぉ？」

睦美はずいぶんと古風《こふう》な女性だったらしい。『あなた色に染まる』だなんて、妙子ら世代の女性、いやもっと上の世代の中でも、絶滅危惧種《ぜつめつきぐしゅ》ではないだろうか。

「千晶さんみたいに、ピシッとやりたかったんですけれど……」

なんだかんだいっても、睦美は光男のことを愛しているのだろう。

長年の夫婦の絆という結び目は、そう簡単にはほどけない。知らず知らずのうちに、緩んだところを、どちらかが結び直してしまうから。そして再びその結び目がほどけぬようにするには、こちらの紐の材質《ざいしつ》や太さが変化したと、もう一方に伝える必要がある。あちらの紐の種類も変えてもらわないと、バランスが取れないからだ。

「旦那と、会社の男連中に対してとでは、ちょっとやり方を変えた方がいいのかもね」

安江の言葉に、睦美はうなずく。でも千晶と睦美のやり方は、実はそんなに違わないのではないかという気もする。

「男の人はびっくりするくらい、女が昔のまんまでいると思《おも》てるからなあ」

「男の特典《とくてん》を手放したくないから、女は変わっていないはずだと思いたいのよ」

「ほんと、そうですね。先は長いなあ」

「そんなことないわよ。第一歩は踏み出せたじゃない」

「引き続き、私ら応援するで」

「ありがとうございます。仕事のことに関しては、直球で勝負しても打たれるだろうから、変化球で攻めたいと思います。どうか応援してください」

女三人が含み笑いをしていると、リビングのドアの開く音がして、少し髪を乱した光男がダイニングに入って来た。

「おはようございます」

妙子と安江は、丁寧に頭を下げた。

この男もいろいろと大変らしい。そして朝日の中でよくよく見れば、白髪も多いし、目尻のしわも頬のシミもかなり目立つ。昨日と今日では、光男の印象がまったく違う。

女たちの会話など知る由《よし》もない光男は、面食らったように挨拶を返し、額の汗を手の甲で拭った。昨夜とはうって変わった客人たちの柔和な笑顔に、戸惑っているようだ。

「大変ですねえ、雪かきは」

「屋根は自然に落ちるんですが、通路はやらねばなりません」

緑色のセーター姿の光男は、キッチンで手を洗い、睦美から無言で手渡されたコップの水をゴクゴクと飲んだ。そのあうんの呼吸は、長年の夫婦ならではのものだった。

「今年は雪が少なくて、こんなの雪のうちに入らないですよ」

光男はそう言い添え、「ああ、腹減った」と妙子の隣に座った。妙子の前にいる安江が

「ごくろうさまでした」と、光男をやさしくねぎらう。

「友樹君は、呼ばなくていいの？」

「あの子はこんなに早く、起きてきません」

「一昨日からろくに寝ていないと言ってたから、今日は一日中、夢の中でしょう」

そうして四人の朝食が始まった。

おかずはねぎ入りの卵焼きに、小糠《こぬか》ニシンを焼いたもの、豆腐とふのりの味噌汁、そして数々のお漬けもの。しょうが味噌おでんもある。

「買いものに行けなかったから、あり合わせで申し訳ありません」

なんの、なんの。恐縮する睦美に、妙子と安江は大いに首を振った。

ナスの三五八《さごはち》漬け。大根のがっくら漬け。枝豆漬け。赤かぶの酢漬け。にんにくの醤油漬け。これが噂のリンゴの丸っこ漬けか。すべて興味深い、青森のお漬けものだ。

「ばっちゃが漬けたので、ちょっとしょっぱいかもしれません」

確かに塩はきつめだが、ナスの三五八漬けは麹《こうじ》の風味が豊かだし、大根のがっくら漬けは、叩き割られた大根の歯ごたえがたまらない。さやごと盛られた枝豆漬けは、茹で立てかと見まごうほど、黄緑色が鮮やかで、しかもうまみが増しているときた。お漬けものとご飯をガバガバと減らすおばちゃんふたりに、「こんなものでよければ、いくらでも食べてください」と、光男は愉快《ゆかい》そうだ。

「リンゴ、意外としょっぱくない」

「皮ごと漬けるので、思ったほどは塩が入らないんです」

「せやから枝豆も、ちょうどええ塩梅《あんばい》なんか」

ブツブツと会話する女三人に、光男が口をはさんだ。

「こっちは食料を保存するために、なんでも漬けものにしたんです」

「そうなんですってねえ」

安江が相槌を打つ。こちとらあれから、塩については少々勉強している。

「常識的には、塩蔵は食料を保存するためと言われてますけど、塩自体の運搬《うんぱん》という意味もあったみたいですね」

図書館から借りた書物で得た、にわか調べの知識を、妙子は披露する。

「よくご存じですね。そう、海水を煮詰める製法しかなかったころは、塩は大変貴重なものでした。日本で塩のある場所といえば、海ですから」

「青森で塩を作っていたのは、八戸沿岸と津軽半島と夏泊《なつどまり》半島の先、森山《もりやま》海岸のあたりです」

睦美が述べると、光男は驚いたように妻の顔を見た。よく知っているじゃないか。心の中のつぶやきが聞こえてきそうだ。

「海岸で作った重い塩を、遠い山の中まで、えっちらおっちら、牛やら馬で運ぶのは日にちも金もかかりますからねえ。湿気で溶けることも多かったようですし」

「だから塩漬けの魚の状態で運ぶ方が、運びやすかったのよね。でも焼いた一尾のイワシを、何日にも分けて食べたって知ったときは、なんだかつらくなっちゃったわ」

妙子の言葉に、安江はしんみりと応じた。

「でも家で豆腐を手作りするのに、粗雑《そざつ》な塩から分離《ぶんり》したにがりを使ったっちゅうのは、生活の知恵やと思うわ」

豆腐を作るには、にがりが必要だ。昔の安い塩には塩化《えんか》マグネシウム、つまりにがりが多く混入していた。庶民はそういう安い塩をわざと買い求め、塩俵《しおだわら》を桶《おけ》の上に置いたり、円錐形《えんすいけい》の塩ざるに入れて上から吊るしたりして、湿気を吸い、ポタポタ落ちてくるにがりを器に溜めて利用したのだ。

塩に関するおばちゃんたちの知識に負けじと、光男も語り出した。

「昔から塩は、人間の生活に密着していますからね。食料だけでなく、ポリ塩化ビニルも、単純にいえば、石油を塩で加工しやすくしたものです。道路の凍結防止には、塩化ナトリウムを使いますしね。今は塩化カルシウムも多いけれど。また、十七世紀にイギリスで初めて作られた冷房装置は、塩で水の温度を下げたからできたんですよ」

光男はなかなか博識《はくしき》な男性のようだ。さすが睦美が惚《ほ》れただけのことはある。

「光さん。昔はそんな風に、私といろんな会話をしてくれましたね」

妙子と安江が感心していると、睦美がおもむろに口を開いた。

「なに言ってる。昔も今も、僕は睦美と会話しているじゃないか」

笑顔を崩さず、光男は応えた。妙子と安江は、すわプレイボールかと身構える。

「子供が生まれて生活に追われて、いつの間にか、暮らしに関係のない話をあまり私としてくれなくなった。なにかたずねても、面倒くさそうにされて」

「そんなことはないだろう。それこそ誤解というものだ」

光男は軽く受け流した。昨日の態度と同じだ。妙子のこめかみはピキッときたが、ここは睦美の応援に徹せねばならない。

「会話してくれないことを、私はずっとあきらめていました。でもそれは、よくなかった。光さんに『会話してくれなくていい』と、伝えていたのと同じですから」

光男は口をへの字にして、首をひねっている。睦美は少し震える声で続けた。

「でも、ばっちゃは違いました。ろくに料理ができなかった私に、卵焼きの作り方から教えてくれました。定番料理も郷土料理も全部です。最近までいろいろ細かく言われた。でもその味を東京でおいしいと言ってもらえた。私はうれしかった。東京近江寮食堂で働けたのは、ばっちゃのおかげでした。気づいてはいたけれど、反発心から今まで認めることができませんでした」

おお、睦美。あのじょっぱりババアのことを、そんな風にとらえる境地《きょうち》に至ったとは。

「私、ばっちゃに、お礼を言おうと思います」

「うむ、そうしてくれれば、おふくろも喜ぶだろう」

光男はとたんに満足そうになり、ご飯を口に入れた。

睦美はきっぱりと言った。

「私は今日、ばっちゃにお礼を伝えたら、東京に戻ろうと思います」

「え？　お前、おふくろの言ったこと、まだ真に受けてるのか？」

「こっちに戻ったら、また家の中に閉じ込められてしまいます。私にはなりたいものがあるんです。目標ができたんです。光さん、聞いてくれますか？」

「……なん、なんだ、目標って」

光男は身構えるように、茶碗と箸を手から離し、腕組みをする。

「子育て中のママのための、居場所作りがしたいんです」

「最近流行りの、子育てサロンか。そんなの儲け度外視でなら、すぐにできるだろう」

「いいえ。ちゃんと金銭面でも回るようなものを作りたいんです。NPO法人も考えています。そのために自分でちゃんと働いて、お金を貯めたいんです」

「……ふむ、わかった。しょうがない。じゃあこっちで、働き口を探しなさい」

光男はあっさりと折れた。

これで終わりか？　しかし睦美は、ここで引き下がらなかった。

「昨日の今日で、東京の仕事は辞められません、法律に則って、ちゃんと二週間前に通告しないと。私はまだ職場に退職意思を伝えていませんので」

「そんなに大層な店じゃないだろう」

「あら、ダーリン。それは聞き捨てなりませんわね」

すかさず安江が嚙みついた。今こそ我らの出番だ。

「いや、失敬。バカにしたのではなく、まあ、その、カジュアルなお店だろうと思ったので」

「カジュアルな店なら、突然退職してもいいとお考えで？」

「いや、そんなことはありませんが……」

「二週間で、次の人が見つかるかどうか、あやしいしなあ」と、妙子。

「私、次の人が見つかるまで、がんばります。よろしくお願いします」と、睦美。

「助かるわ。睦美さんの代わりになるような優秀な人は、なかなか見つからないでしょうし」と、うなずく安江。

三人はさながら、チーム東京近江寮食堂。またの名を、チーム絵美里, s親戚。

「優秀って……料理の腕は、もう私の母を越えたとは思いますが、しょせん素人だ」

「私も素人上がりで、料理長に就任しました。睦美さんにはその素質が十分あります」

「ダーリンも見込まれて、仙台支社長をされてるんだから、頼りにされる気持ちはおわかりでしょう?」

光男はかすかに、唇を動かす。

「しかし、それでは私の母が困る。退院しても、また頼りにならない孫息子とふたりきりの生活では、再び倒れてしまいます。母は睦美がいないとダメなんですから」

「ばっちゃは、入院させとけばいいよ」

突如、若人が参戦してきた。リビングとダイニングの境目に、友樹が立っていた。

「あの先生、じっちゃの主治医だった人だよ。頼めば二週間くらい、入院させてもらえるよ。姉ちゃんはばっちゃをダシにして、ママに帰って来てもらおうとしてただけ。だからママは、求められている場所でやりたいことをやればいいよ」

「友樹……」

睦美は驚き、かつ感激したように、髪に派手な寝癖をつけた息子を見つめる。

「もし退院して来ても、俺がばっちゃの面倒看るよ。ふたりで案外うまくやってたし。ばっちゃが仏壇、拝んでたのは本当だけど、毎日っていうのは嘘。姉ちゃんにつられて、話、ちょっと盛ってみた」

「ストレスで倒れたと、医者も言ってたそうじゃないか」

「だから、あれは姉ちゃんの作り話だって。医者はそんなこと言ってない。要するに年だよ、年」

光男の反論を、友樹はこともなげに否定する。そして冷蔵庫から取り出したペットボトルの水をグラスに注ぎ、ぐびっと飲んだ。

「俺、ママが帰ってくるまで、ばっちゃの面倒看るからさ。パパ、その間、介護料金よろしく。だって就活に支障があるわけだし」

友樹はどうやら、母親側についた方が得だと踏んだらしい。

「なんだと？　家族なら、タダで祖母の面倒を看るのはあたり前だろう」

「金もらえないと、俺、薬の面倒看ないよ」

友樹はなかなか、したたかな人間のようだ。こちら風に言えば、ズル賢い津軽人なのかもしれないが、今は救援投手だ。がんばってほしい。

「……お前が勝手なことをするから、みんなも勝手なことを言うようになった」

光男はわなわなと唇を震わせている。しかし睦美はひるまなかった。

「私の家出を軽く見ないでください。私は仕事をして、しっかり自分の足で歩きたいんです。そして光さんと対等に話をしたい。これからはごまかさず、聞いたことに、ちゃんと応えてほしい」

「旦那さん」

やはり妙子は、黙っていられなくなった。隣をチラ見すると、マスカラびっしりの強い眼《まなこ》が力を送ってくれていた。

「実は私の夫も、黙って家を出て行きました。だから、突然いなくなられた家族の気持ちはわかります。でも再会した夫は、理由を私に話してくれませんでした。未だにそうです。でも睦美さんは違う。きちんと話し合おうとしてる睦美さんは、誠意があると思います」

光男はじろりと妙子をにらみ、そして睦美に目をやった。

「光さんからは、渋々ではない応援がほしいです。だって、だって夫婦ですから」

「ダーリン、心からのエールを、睦美さんに送ってあげてくださいな」

「……その『ダーリン』っていうの、やめてもらえませんかね」

安江が頭を下げると、急に光男は弱ったように、顔をこすった。

腕組みをして思案し始めた光男に、みんなの視線が集中する。

ボンボン時計の振り子が、時を刻んでいる。何十年もの間、この家の歴史を見つめてきたであろう古時計は、これから目にする出来事になにを思うのか。

友樹がキッチンカウンターの縁に尻を載せ直すと、光男が口を開いた。

「では、二週間だけ、東京で働くのは認めよう。そのあと家に戻ったら、フルタイムの仕事をするのもかまわない。……いや、応援する。これは渋々じゃないぞ。ここまでしてくれる仕事仲間を、東京から引き連れてきた睦美の力を認めたからだ」

「ありがとう。ありがとう、光男さん」

バッターアウト！　ついにやった。

睦美は目を輝かせ、両手を胸の前でガッチリと組んだ。妙子と安江は小躍りせんばかりに両手を握り合う。友樹もホッとしたように、頬を緩めている。

「おおきに、ありがとうございます！」

「本当にステキよ、ダーリン！」

「だからダーリンは、やめてくださいって言ってるのに……」

言葉ほど、光男は嫌がっている風には見えない。時代は変わっている。本人も十分、そう感じていたのだろう。

光男は鼻から息を吐き、苦笑いをかみ殺すかのように、重々しく話し出した。

「でもフルタイムだと、近い将来、仕事に支障が出る可能性が高いぞ。今回のこともあるが、ばっちゃは年だ。いつ介護が必要となるか、わからないからな」

「そんときは、みんなで分担して面倒看ればいいよ。パパも近々、こっちに戻って来られるんでしょ？」

「え？　パパも？　パパもばっちゃの介護するのか？」

すかさず突っ込んだ友樹に、光男は目を剝いている。それは、自分が介護の役割を負うなど端《はな》から頭にない、昭和の男の顔であった。

＊　＊　＊

「あら、いらっしゃい」

青森から戻った翌日の月曜日、夜の部。いつもの時間に、千晶が食堂にやって来た。

こころなしか千晶は、お腹周りがふっくらとして、頰の血色も良く見えた。最後に千晶と会ったのは十日前だ。少し見ないうちに太ったのか。それとも、もしかしてついに……。

「ふむ。しょうが味噌おでん定食をください。それからイガメンチ。あとビール、あ、おでんだから、日本酒も一本、燗をつけといてください」

「はいはい。定食はライス抜き？」

「いいえ。ライスもアリで」

安江の質問に、千晶は機嫌よく応えた。ビールに日本酒、しかもライスあり……？

厨房まで響いてきた快活な声を不思議に思い、妙子はのれんから顔を出した。

「どしたん？　ずいぶんゴキゲンやな」

千晶は含み笑いをして、応えた。

「夫がリストラされそうなの。いわゆる追い出し部屋に異動になったんです」

「ええっ⁉」

「これからは私が、一家の主たる収入源になります。だからふたり目は、いったん封印。炭水化物をモリモリ食べて、バリバリ働くことにしました。今夜はその景気づけ。大丈夫。夫は独立すると言ってるから。五年も経てば軌道《きどう》に乗って、また子作りできるでしょう。四十五歳はギリギリだけど、がんばるわ。夫に時間の融通が利く仕事をしてもらった方が、子育てもしやすいしね。実はね、私、夫を見直したんです。クビをほのめかされて、もっとしおれるかと思ったら、次の一手を考えてたんです。決してあきらめない、昔のあの人が戻ってきたみたい。だから昨夜は、つい義務感ナシで仲良くしちゃった」

「あらあら♡」

安江は両の手のひらを頬にやり、「まあ、恥ずかし」ポーズを取る。

「さっすが、千晶さん」

いつもの床の間の前に陣取った千晶を、妙子が頼もしく見ていると、「あ、千晶さん！　ちょうどよかった。報告したいことがあるんです！」と、今度は佐奈が駆け込んで来た。

「どうしたの？　そんなに興奮しちゃって」

目の前に座った佐奈から、ちょっと身体を引いて、千晶はたずねる。

「私たち、あのバカ課長を、ついにとばしてやりました！」

座卓に身を乗り出した佐奈を、他の客がいっせいに振り向いた。

「すごい。やったじゃない」

慌てて肩をすくめた佐奈に顔を近づけ、千晶が小声で応えた。妙子と安江は、しーっと人差し指を唇に当て、思わずふたりの座卓に顔を突っ込む。

「どうやって、成敗《せいばい》したの？」

「ふふふ。それはですね」

これまで友人関係にある同僚にしか、セクハラ・パワハラの件を話してこなかった佐奈だが、思い切って、他部署の女性部員に悩みを打ち明けたらしい。するとその女性は、以前いた部署でも同様の話を聞いたことがあると言い、その人を紹介してくれた。話すうち、被害者は何人もいるとわかり、秘かにSNSでつながったという。被害の内容披露で盛り上がった女性七人は意を決し、パワハラの件も含めて、会社の相談室に訴え出たのだった。

「ひとりで行くと、握りつぶされるかもしれないから、七人全員で行ったんです」

保険をかけておこうと考えた七人は、対応如何《いかん》によっては、ネットに会社名を公表し、社会に訴える準備もしていた。会社はすぐに社内調査を実施し、訴えのあった大部分のハラスメントが認められたとして、北関東の小さな営業所に、件《くだん》の上司を転勤させたのだった。

「今度の課長は、すっごい素敵な女性なんです。バカ上司よりずっと合理的で、業務改革のスピードが半端ないです。今までいかに無駄な作業をさせられてたか、よーくわかりました」

ニコニコしながら、佐奈は千晶の分もお茶を注ぎ、湯呑を差し出した。

「おめでとう、佐奈ちゃん」

「ひとりの力は弱くとも、束になれば勇気百倍、大きなことができるっちゅう見本やな」

安江と妙子の祝福に深くうなずいた千晶は、ふと気づいたように質問してきた。

「ところで、睦美さんは？　今日はお休み？」

「そうだ、私、睦美さんにも報告しなきゃ」

睦美は厨房かと、目顔でたずねた佐奈に、安江が伝える。

「睦美さん、実は昨日付で退職したのよ」

「え？　どうして？　ずいぶん急ですね」

「話せば長いことながら……。また今度、ゆっくり話すわ」

「私、最後にごあいさつしたかったな。身体、ずいぶん心配してもらったし」

「ほんとですー。私の武勇伝も、是非聞いてもらいたかったですー」

千晶と佐奈は、口々に残念がる。しかし詳しい理由を聞けば、大いに喜んでくれるに違いない。

「あ、千晶さん、私、今日も祝杯あげたいんで、付き合ってください」

「オッケーよ。そうじゃないかと思って、もうビール、頼んであるの」

気を取り直した佐奈に、千晶はいたずらっぽく応えた。

とたんに佐奈の笑顔が消える。でもこのあと千晶が飲む理由を知らされれば、再び笑顔がはじけるだろう。

「そうそう、ビール、ビールと」

「あ、じゃ私、しょうが味噌おでん定食ください」

「あいよ」

連れ立って厨房に戻った妙子と安江は、充実感たっぷりに作業に入った。

「睦美さん、ええ仕事、見つかったかなあ」

「昨日の今日じゃ、無理でしょ。それに、今日もお姑さんのお見舞いに行っただろうし」

「あの、じょっぱりババ……お姑さん、また大泣きしはったかな。『睦美、迷惑だな』。やっぱり南部人はやさしい』て、何回も何回も繰り返すし、別人ちゃうかと思たわ」

「睦美さんがお礼を言ったとたんに、号泣ですものね。あのダーリンも『しょうが味噌おでんは、確かにおふくろの味だった。おふくろの味が睦美に伝えられ、そして東京から、うちに戻って来た』なんて、調子のいいこと言っちゃって」

安江がビールの大瓶の栓を、いい音をさせて抜いた。

「あのときのダンナ、ちょっと涙ぐんでたな」

「あらホント？　気づかなかった」

「だから安江さんが、『明日からこちらで就活を開始しなさい。特別に本日付の退職を許可します』て言うてくれたとき、私、感激したで」

「だって睦美さん、あのまま青森に残りたそうだったんだもん」

瓶ビール一本と、グラス二個が載せられたトレイに、妙子はおつまみとして六つの小鉢を載せる。

「津軽人はごうじょっぱりでズル賢いていうけど、つまりは、なかなか素直になれんと、考え過ぎる人たちとちがうか」

「『迷惑だな』は、実は『ありがとう』って意味だったしね。『あなたに迷惑かけてしまったね』が語源だっていうから、実は遠慮深い人たちなのかも」

「でも南部人が、がまん強いていうの、睦美さん見てたら、当たってる気ぃするわ」

「あの息子は世の中うまく渡っていけそうだから、津軽人よねえ、やっぱり」

「あ、そや。青森からタラのじゃっぱ汁セットが送られてきたら、千晶さんと佐奈ちゃんも誘って、一緒に食べようか。すごく新鮮で、おいし過ぎるじゃっぱ汁セット」

「賛成。そしたら睦美さんの退職理由も、ふたりにゆっくり話せるわね」

そのときちょうど、聞き覚えのある声が客席から聞こえた。声の主はいつものごとく、千晶と佐奈に調子よくあいさつしている。

「あら、慎二君。しばらく見なかったのに、このタイミングでやって来るなんて」

「あの津軽の色男、また女の味方みたいな顔して、佐奈ちゃんの話を聞きよるで、たぶん」

「塩まいて、おっぱらってやりましょうか？」

「そうやな。塩、塩、命の塩、と。……はい。ほな、これも持ってったって」

妙子はトレイの上に塩を盛った小皿とグラスをひとつ、そしてスタミナ源たれを追加で載せた。安江はニヤリとしながらトレイを持ち上げ、エプロンのフリルをひらりとさせて、のれんをくぐった。

○参考資料

『塩の道』宮本常一、講談社学術文庫
『塩の博物誌』ピエール・ラズロ、神田順子・訳、東京書籍
『今さら聞けない肉の常識』平野正男　鏡晃、食肉通信社
『聞き書　青森の食事　日本の食生活全集2』「日本の食生活全集　青森」編集委員会・編、農山漁村文化協会
『津軽先輩の青森めじゃ飯! 1』仁山渓太郎、秋田書店
NHKスペシャル「シリーズ『食の起源』第2集　塩」二〇一九年十二月十五日放送、NHK総合テレビジョン

光文社文庫

文庫書下ろし
東京《とうきょう》近江《おうみ》寮《りょう》食堂《しょくどう》 青森編《あおもりへん》 明日《あした》は晴《は》れ
著者 渡《わた》 辺《なべ》 淳《じゅん》 子《こ》

2020年9月20日 初版1刷発行

発行者 鈴木広和
印刷 新藤慶昌堂
製本 フォーネット社

発行所 株式会社 光文社
〒112-8011 東京都文京区音羽1-16-6
電話 (03)5395-8149 編集部
8116 書籍販売部
8125 業務部

© Junko Watanabe 2020
落丁本・乱丁本は業務部にご連絡くだされば、お取替えいたします。
ISBN978-4-334-79081-3 Printed in Japan

R <日本複製権センター委託出版物>
本書の無断複写複製（コピー）は著作権法上での例外を除き禁じられています。本書をコピーされる場合は、そのつど事前に、日本複製権センター（☎03-6809-1281、e-mail : jrrc_info@jrrc.or.jp）の許諾を得てください。

組版 萩原印刷

本書の電子化は私的使用に限り、著作権法上認められています。ただし代行業者等の第三者による電子データ化及び電子書籍化は、いかなる場合も認められておりません。

光文社文庫　好評既刊

出張料理人ぶたぶた　矢崎存美
未来の手紙　椰月美智子
生ける屍の死（上・下）　山口雅也
キッド・ピストルズの冒瀆　山口雅也
キッド・ピストルズの妄想　山口雅也
キッド・ピストルズの慢心　山口雅也
キッド・ピストルズの最低の帰還　山口雅也
キッド・ピストルズの醜態　山口雅也
平林初之輔　佐左木俊郎　山前　譲編
京都嵯峨野殺人事件　山村美紗
京都不倫旅行殺人事件　山村美紗
螺旋階段　山本譲司
店長がいっぱい　山本幸久
永遠の途中　唯川　恵
セシルのもくろみ　唯川　恵
ヴァニティ　唯川　恵
別れの言葉を私から　新装版　唯川　恵
刹那に似てせつなく　新装版　唯川　恵
バッグをザックに持ち替えて　唯川　恵
通り魔　結城昌治
プラ・バロック　結城充考
エコイック・メモリ　結城充考
衛星を使い、私に　結城充考
アルゴリズム・キル　結城充考
獅子の門　群狼編　夢枕　獏
獅子の門　玄武編　夢枕　獏
獅子の門　青竜編　夢枕　獏
獅子の門　朱雀編　夢枕　獏
獅子の門　白虎編　夢枕　獏
獅子の門　雲竜編　夢枕　獏
獅子の門　人狼編　夢枕　獏
獅子の門　鬼神編　夢枕　獏
金田一耕助の帰還　横溝正史
臨場　横山秀夫

光文社文庫　好評既刊

ルパンの消息　横山秀夫
酒肴酒　吉田健一
ひなた　吉田修一
ロバのサイン会　吉野万理子
読書の方法　吉本隆明
遠海事件　詠坂雄二
電氣人間の虞　詠坂雄二
警視庁行動科学課　六道慧
黒いプリンセス　六道慧
ブラックバイト　六道慧
殺人レゾネ　六道慧
ヤコブの梯子　六道慧
戻り川心中　連城三紀彦
夕萩心中　連城三紀彦
白光　連城三紀彦
変調二人羽織　連城三紀彦
青き犠牲　連城三紀彦

処刑までの十章　連城三紀彦
ヴィラ・マグノリアの殺人　若竹七海
古書店アゼリアの死体　若竹七海
猫島ハウスの騒動　若竹七海
暗い越流　若竹七海
結婚家族　渡辺淳子
東京近江寮食堂　渡辺淳子
東京近江寮食堂　宮崎編　渡辺淳子
迷宮の門　渡辺裕之
天使の腑　渡辺裕之
弥勒の月　あさのあつこ
夜叉桜　あさのあつこ
木練柿　あさのあつこ
東雲の途　あさのあつこ
冬天の昴　あさのあつこ
地に巣くう　あさのあつこ
花を呑む　あさのあつこ

光文社文庫最新刊

焦茶《こげちゃ》色のナイトガウン　杉原爽香〈47歳の冬〉	赤川次郎
向こう側の、ヨーコ	真梨幸子
みちづれはいても、ひとり	寺地はるな
東京近江寮食堂　青森編　明日は晴れ	渡辺淳子
駅に泊まろう！	豊田　巧
十津川警部　西伊豆変死事件	西村京太郎
掠奪《りやくだつ》　強請屋稼業	南　英男
ブルータスの心臓　新装版	東野圭吾

光文社文庫最新刊

江戸川西口あやかしクリニック5　ふたりの距離	藤山素心《もとみ》
千手《せんじゅ》學園少年探偵團　浅草乙女歌劇	金子ユミ
地の業火《ごうか》　決定版　勘定吟味役異聞㈤	上田秀人
一輪の花　父子十手捕物日記	鈴木英治
夢屋台なみだ通り	倉阪鬼一郎
御家人風来抄　天は長く	六道《りくどう》　慧《けい》
冥府《めいふ》からの刺客　日暮左近事件帖	藤井邦夫